小学館文庫

悲願花

下村敦史

小学館

プロローグ

真っ黒い夜を燃やすような遊園地のパレードは、母が毎日笑っていたころに寝床で読み聞かせてくれたおとぎ話の世界だった。夢の国に迷い込んだ気がした。

このときばかりは両親も笑顔だった。

二日間だけの魔法――。

幸子《さちこ》は両親に負けない笑顔を返した。

最近の両親は毎夜毎夜、言い争っていた。本で見たあの宇宙人の写真みたいな、青白く細い顔の男が訪ねてきた日は特に。

一階から聞こえる宇宙人顔の男の怒鳴り声に煽《あお》られたように、ベビーベッドの弟の甲高い泣き声が響く。幸子は六歳の妹と二人、布団にもぐり込んで耳を塞ぎ、恐怖の時間が過ぎ去るのを待った――。

宇宙人顔の男が帰ってからは、両親がまた口論していた。

何が悪かったのだろう。自分がもっといい子なら両親は仲良くしてくれるのだろうか。小学校のクラスメートの大半が持っている人気アニメの筆箱を誕生日に欲しがったり、ブランコで破れたスカートに縫いつけられた布のいびつさが気に入らなくて新品を欲しがったり、買い物の帰り道でジュースを欲しがったり——。そんな積み重ねでお金がなくなったのだろうか。

申しわけなく思ってからは、我がままを言わないようにした。欲しい物があってもぐっと言葉と感情を呑《の》み込んだ。妹や赤ん坊の面倒も見るようにした。ボロボロの体操服袋を男子にからかわれても我慢した。

それが良かったのか、両親の喧嘩《けんか》がピタッとやんだ。

「明日、一緒に遊園地に行こう」

父の提案に、幸子は最初戸惑い、喜んでいいものかどうか、悩んだ。お金は大丈夫なのだろうか。本気にしたら逆に困り顔をされてしまうのではないか。

返事をためらったすえ、「でも……」と、ただそれだけ口にした。

胸に秘めた想《おも》いを察したのか、父は苦笑いした。

「お金のことなら心配するな」

父は母を見やり、「な？」と笑いかけた。

「そうそう。子供が遠慮する必要なんてないのよ」

「でも……」

「行きたいでしょ？」

両親が本当に期待している答えが分かった。これは本心を答えても構わない場面なのだ。

「で、行きたいの？　行きたくないの？」

改めて尋ねる母の声に咎《とが》めるような響きは全くなく、本音を引き出すように誘いかける優しさに満ちあふれていた。

幸子は安心し、初めて笑顔で「行きたい！」と答えた。

遊園地では両親がソフトクリームを買ってくれた。スーパーで売っているやつの二倍はする。

これを買ったせいでお金がなくなり、また喧嘩がはじまったらどうしよう。

幸子は心配になり、「いいの？」と訊《き》いた。母は「食べたいでしょ？」と笑顔のまま訊き返した。

食べたい。でも、いいの？

幸子は母の笑顔を崩したくなくて、それ以上は訊かなかった。代わりに「うん！」と喜んでみせた。妹は口の端にソフトクリームをべったりつけ、美味《おい》しそうに舐《な》めている。母は「あらあら」と笑いながらハンカチで口元を拭いた。

妹がくすぐったそうに笑う。

ふと妹を羨ましく思い、自分も顔にアイスをつけたら母は同じように拭ってくれるだろうか、と考えた。だが、負担をかけてはいけないという自制心が働き、丁寧に舐めた。濡《ぬ》れた唇は自分のハンカチで拭った。

両親は交互にベビーカーの弟の子守り担当をしながら、アトラクションに付き合ってくれた。何でも乗り放題だった。そういうチケットを購入したらしい。普通のチケットより値段が高いと思うのだけれど、深くは考えなかった。考えたらこの楽しい魔法の時間が終わってしまうような気がした。

日が落ちると、パレードがはじまった。

大型の帆船や飛空艇を再現した乗り物が、クリスマスのイルミネーションさながらきらきら電飾を輝かせ、行進していく。踊り出したくなるほど楽しいメロディと共に、船上でお姫様やマスコットが手を振っている。

文字どおり、夢の国だった。

いや、これが現実ならどれほど幸せだろう。両親が言い争う毎日が単なる悪夢で、今こそ現実なら……。

そう考え、可笑《おか》しくなった。今も現実なのに。

幸子はかぶりを振り、不安感を振り払おうとした。その拍子に、動物の耳付きのカチューシャが外れて落ちた。黒髪が乱れた。あっと思ったときには遅く、カチューシャは大勢の客たちの足に踏まれ、蹴られ、人々の脚の向こうへ消えてしまった。

せっかく買ってもらったのに――。

涙が盛り上がりそうになり、懸命にこらえた。自分が泣いてしまったら、それを引き金に両親が喧嘩をはじめるかもしれない。自分はいい子でいなきゃいけない。

「どうしたの？」

母が心配そうな顔で見下ろしていた。

幸子は努めて明るく「何でもない」と答えた。「楽しいね、ママ」

「ね。来てよかったね」

「うん！」

心底そう思う。魔法使いにかけられた一時の魔法だとしても、家族全員、こうして笑っていられたら……。

そのとき、弟が泣き声を上げた。幸子ははっとした。誰よりも早く反応し、ベビーカーを覗《のぞ》き込んだ。弟を睨《にら》みつける。

やめてよ。泣かないでよ。

つかの間の平和を壊さないで。

内心の懇願も通じず、弟は何が不満なのか泣きわめいている。感情のままに吐き出す叫びに神経がぴりぴりする。分別もつかない弟の歪《ゆが》んだ顔に苛立《いらだ》ちを覚える。

お願いだから——本当にお願いだから今日だけは泣かないで！

幸子は恐々としながら振り返り、両親の顔色を窺《うかが》った。意外にも、二人は落ち着いていた。母がベビーカーから弟を抱き上げ、赤ちゃん言葉であやしはじめる。

「ママ、怒るかと思った」

母は赤ん坊を見つめたまま「どうして？」と笑った。

「いつも槙太《しんた》が泣くと怒るから」

「……今日一日だけの精神なの」

「え？　今日一日だけ？」

「今の生活が何ヵ月も休みなく続くって想像したら、我慢も難しいでしょ。でも、今日一日だけ、今日一日だけ、って考えたら、その日くらいは我慢できるし、楽しくすごせる」

母は「そう思わない？」とほほ笑みを向けてきた。パレードの光と夜の闇が彩る顔には、影が不自然に蠢《うごめ》いている。

何事も考え方次第、という話だろうか。でも、何だろう。理由は分からないけれど、母の表情と口調には、破れたスカートに縫いつけられた布と同じあのいびつさを感じる。

幸子は胸騒ぎを伴う不安を押し隠したまま、曖昧に「うん」と答えた。

去年の初め、父が海外出張で長く――二、三週間とはいえ、二、三ヵ月に感じた――家に帰ってこなかったとき、母がとても寂しそうにしていたことを覚えている。

夜に泣いている姿を見た。今は家族五人が揃《そろ》っている。母も久しぶりに笑顔を見せている。

パレードが進行するに従い、人の波も動いていく。気がつくと、前に人の壁ができていた。父は妹を肩車し、「ほら、どうだ？」と見せてやっている。

幸子は人だかりの隙間からパレードが見えないか、すし詰め状態の中でもがいた。残念ながら隙間の先にも人の体が重なっていて、パレードはもう見えなかった。落胆していると、目の前に父の手があった。

「幸子も見たいだろ。交代だ」

いつの間にか、妹は地面に降りていた。にこっと笑う。

「お姉ちゃんも見ていいよ」

妹の気遣いに嬉《うれ》しくなり、幸子は父親の顔を見返した。

「いいの？」

「もちろん！」

狭いスペースの中で父がしゃがみ込むと、幸子はその肩に乗った。父が立ち上がるなり、視界がぐんと高くなった。まるでガラス張りのエレベーターが一階分上昇したかのように。

「わあ！」

思わず感動の声が漏れた。感じていた様々な不安も吹き飛び、興奮が沸き起こってくる。

並ぶ頭の先、夜の底をまばゆい大船が進んでいた。そこだけ闇が存在せず、煌々《こうこう》と光が輝いている。

別世界のパレードを楽しんでいると、真後ろから「おい！」と怒声がぶつけられた。一瞬バランスを崩し、落ちそうになった。顔を後方に回そうとしたとき、父が反対回りに向き直ったせいでまた前方に視界が戻った。改めて顔を回した。

見下ろすと、父を睨みつけるおじさんがいた。トゲトゲした短髪で、角ばった顔をしている。

「周りの人間のことも考えろや。見えんやろうが！」

クラスにいるお調子者の男子と同じ関西弁だったが、怒鳴られると心臓が止まりそうになる迫力があった。

父が「すみません」と小さく頭を下げた。合わせて幸子の体も少し揺れた。

「謝ってる暇があるんやったら早よ降《は》ろせや！」

幸子は自分が悪いことをしている気になり、身を縮こまらせた。先ほどまでの楽しい気分は、あっという間に萎《しぼ》んでしまった。

「すみません」父が再び謝った。「どうか……どうか今日だけは勘弁してください」

——今日だけは。

まただ。また今日だけは、だ。

ただ、母が話した〝今日一日だけの精神〟とは使い方が違う気がした。

なぜ今日が特別なのだろう。思い切ってチケットを取った遊園地旅行だから？

おじさんは大きな音で舌打ちした。

「自分らだけ特別扱いされるわけちゃうぞ！」

「そういうわけでは……」

「じゃあ、どういうわけやねん」

「大事な思い出作りなんです」

「みんなそうやろうが！　ガキ連れやったら偉いんか。優遇されんのか」

客たちの歓声が小さくなり、窮屈感も薄れていることに気づいた。見回すと、狭いスペースの中でも周りの人々が距離をあけていた。ぽっかり空間が生まれている。関わり合いを避けたがっている誰の顔にも笑顔がない。

弟をおんぶする母は妹の体を抱き寄せ、ただおろおろしていた。

「いや、でも……この人ごみだったら、娘を降ろしても見えないのは同じじゃないですか」

おじさんが「あ？」と顔を歪める。

「いや、これが花火なら肩車した娘が邪魔になるという言い分も分かりますが、パレードです。僕だってこの位置じゃ人の壁で前は見えませんし……」

「は？　そういう問題やないやろ。目障りやちゅうてんねん」

「すみません、今日だけは……今日だけはお願いします」

頭頂部しか見えなくても、謝り続ける父は泣き顔をしているに違いない、と、なぜか確信した。

「パパ、もういいよ。私、降りるから」

「でも、お前だってパレードを見たいだろ」

「もういいよ。パレード、行っちゃったし」

明るいメロディもイルミネーションもすでに遠のき、静かな夜の闇が一帯に覆いかぶさっていた。

「でもな……」

父はためらっていた。

父が何にこだわっているのか分からない。たしかにパレードは楽しみたいけれど、他の人に迷惑がられてまで見たくない。

「パパ……」

お願い。

心の声が通じたのか、視界が急激に下がった。幸子は父の肩から地面に降り立った。初めて見上げるおじさんは体格も大きく、ほとんど影になっていて黒い熊に見えた。

幸子は「ごめんなさい」と頭を下げた。

「……いや、まあ、お嬢ちゃんが悪いわけやない」

おじさんの声が頭上から降ってきた。意外にも優しい声だった。先ほどまでの怒鳴り声が嘘《うそ》のようだ。

母が進み出て「ご迷惑をおかけしましてすみませんでした」と謝った。

「もうええ、もうええ。分かってくれたんやし」

おじさんが手のひらを振ると、場の空気が緩んだ。周りの人々はほっとした顔でまた普通に話しはじめた。

父がしゃがみ込み、幸子に視線を合わせた。

「ごめんな、巻き込んじゃったな」

心の底から申しわけなさそうな顔だった。くしゃっと歪んだ顔は、想像どおり泣き顔だった。父のそんな表情を見たのは初めてで、胸が掻《か》き乱された。

幸子は「ううん！」と強く首を横に振るしかなかった。

パレードが去ってしまうと、後は遊園地併設のホテルに帰るだけだった。

トラブルはあったものの、きらびやかな大人のレストランで食事したら気分はまた浮き立った。

近所のファミリーレストランも誕生日などの〝特別な日〟にしか行けない中で、〝特別な日〟でもないのに遊園地に連れて来てもらえたうえ、食事も豪勢になんて……。

こんな幸せがあるだろうか。

夢を見るのにはお金が必要で、今回こうして遊園地で家族全員が楽しむのにもお金がいる。金銭的にゆとりがないはずなのに、なぜこんな贅沢《ぜいたく》ができるのだろう。でも、訊いたとたんこの幸せが壊れてしまう予感があって、訊けなかった。

ただ〝今〟を楽しめばいい。

幸子は自分に言い聞かせ、食事に専念した。大好きな海老《えび》がたくさん入った中華料理だった。妹も大喜びで、はしゃいでいる。

食事が終わると、十五階にある部屋に戻った。鏡が張られたエレベーターに乗るだけでも興奮した。

「美味しかったか？」

廊下を歩きながら父が笑顔を向けてきた。

幸子は妹と声を揃えて「うん！」とうなずいた。こんなご馳走《ちそう》を食べられるのは最初で最後ではないかと思う。楽しいはずなのに胸がざわざわした。

部屋に入るなり、妹はベッドで飛び跳ねはじめた。真似《まね》したいと思っても、怒られそうでためらってしまう。でも、母は妹の姿を眺めながら相変わらずほほ笑んだままだった。

母が窓際に近づき、カーテンを開けた。一面の窓ガラスからイルミネーションが光り輝く遊園地と窓明かりにあふれる街の夜景が見下ろせる。

幸子は窓ガラスに張りつき、「わあ！」と声を上げた。吐き出す息で曇ると、袖口でごしごしこすり、また眺め下ろす。

「……天国みたいね」

母がぽつりと言った。幸子は「え？」と母の顔を見た。母は窓ガラスから夜景を見つめたまま、こっちを見ようとはしなかった。

「……それくらい綺麗《きれい》、ってこと」

天国――か。存在するとしたらどんなところだろう。

妙に落ち着かなくなり、幸子は夜景の見える窓から離れた。

母が弟とお風呂に入るから、幸子は妹と一緒に入った。家の浴槽より少し広く、小学生二人なら充分だった。ただ、浴槽の中で体を洗うときは、不慣れで苦労した。

「もう少し遊んでもいい？」

風呂から上がった妹は、トランプを揃えながら両親に訊いた。なぜだろう、家では平凡で面白みに欠けるトランプも、旅先だと楽しく、胸が躍る。

「もちろん」母は妹に笑いかけた。「好きなだけ遊びなさい」

「本当？　寝ろって言わない？」

「ええ。帰ったらいくらでも寝られるんだから」

「やったー！」

妹は笑顔を弾《はじ》けさせた。

幸子は『学校があるのにいくらでも寝られるの？』という素直な疑問を呑み込んだ。いつもと別人のようににこやかで機嫌がいいのに、母にはどこか質問をさせない雰囲気があった。

その日は深夜十二時を回るまで家族で遊び、布団に入った。家では一人で寝ているのに、今日だけは母のぬくもりが欲しかった。甘えてお願いし、一緒のベッドで眠った。

ママ……。

身動きがとれずに困る母にしがみつく。懐かしい感覚――。

気持ちが落ち着いていき、あっという間に意識が朦朧《もうろう》としはじめた。

翌朝も普段小学校に行くより早い時間に目が覚めた。遊園地最後の日は少しでも長く楽しみたかった。

ホテルを出ると、早足で遊園地へ向かった。観覧車やジェットコースター、メリーゴーランド、大勢の客――。

笑顔のマスコットが近づいてきて、大人の顔も隠せそうなほどの大きな手を振った。テンションが上がり、幸子は抱きつこうとした。ふと足が止まる。後ろから母が「どうしたの？」と訊く。

マスコットを眺めていると、何だか母と重なった。

どちらも作り物っぽい。

小学五年生にもなったら、マスコットの中には人がいるし、サンタクロースは存在しないと分かる。

母に軽く背中を押され、幸子ははっと我に返った。マスコットと並んで妹と一緒に写真を撮ってもらう。

自分が浮かべた笑顔は頬と口元が少し引き攣《つ》り、きっと同じ作り物になっていると感じた。

一秒でも早くマスコットから離れたくてそわそわする。

「もう一枚撮るからね。怖がらなくても平気よー」

母が間延びした口調でほほ笑みかける。

マスコットでなく、ママが怖い――。

幸子はあふれそうになる本音を懸命に抑え込み、マスコットに寄り添った。

写真を撮り終えると、家族全員でアトラクションを楽しんだ。

あっという間に夕方がやって来る。血の色をした夕日が遊園地全体を深紅に染め、観覧車の窓ガラスに反射していた。

「どうだ。楽しかったか」

父が訊いた。幸子は一瞬答えに詰まったものの、黙ってうなずいた。対照的に妹は「楽しかった！」と飛び跳ねていた。ピンクのゴムで結んだ尻尾のような髪も躍っている。

「そうか。それはよかった。連れて来た甲斐《かい》があったよ」

妹は満面の笑みで父を見上げた。

「また来たい！」

父の微笑が消えた。

妹もその表情の変化を読み取ったらしく、不安げな顔で「駄目？」と小首を傾《かし》げた。

父は答えず、ただ無言で妹の頭を撫《な》でただけだった。妹は不思議そうな顔をしている。

幸子はそっと母の顔を窺った。表情は分からなかった。母はベビーカーの取っ手を握り締めたまま、顔を背けていた。その視線の先には、中学生以上しか乗れない落下系のアトラクションがある。巨大な椅子が天から地面まで一瞬で落ちていく。何となく母はそれを——むしろ、何も——見ていない気がした。

幸子は母の手に触れようとして腕を伸ばした。でも、袖に触れるか触れないかのところで止まった。母の手が少し震えていた。間を置き、幸子は腕を静かに引っ込めた。

遊園地にはかなり無理して連れて来てくれたのかもしれない。うちは〝はさん〟してしまうのではないか、と心配になった。三年生のときのクラスメートの男子は、〝はさん〟して転校していった。友達と離れ離れになるのはいやだな、と思う。

振り向いた母の顔には、相変わらずの笑顔があった。燃えるような夕焼けに照らされている。

「さ、帰ろっか」

母が手を差し伸べた。

え？　と驚いた。ベビーカーを押すときは両手を使うので、手を繋《つな》いでくれるとは思わなかったのだ。

いいの？

言葉は喉から出てこなかった。訊いてしまったら、母は思い直してしまうかもしれない。

幸子はためらいながら母の手を握った。優しく握り返してくれると思っていたら、予想以上に力強かった。一瞬、顔を顰《しか》めてしまうほどで、大地震が起きても決して手を放すまいとしているかのようだった。

母の確かな存在を実感して安心を感じる反面、しっかり握り続けていなければ逆に存在が消えてしまいそうで、言い知れない不安を掻き立てられた。

だから、幸子は母に負けじとその手を強く握り締め続けた。

妹が「疲れた！」と我がままを言い、泣きべそを掻きはじめたのは、帰りの電車に向かう道中だった。

やめてよ、と眉を顰《ひそ》める。せっかくの楽しい二日間、楽しいまま終わりたい。

意外にも父は背を向けてしゃがみ、「ほら」と両腕を後ろに回した。妹は泣くのをやめ、袖で涙を拭った。

父におんぶをしてもらった記憶はない。妹を抱っこしている姿は、妹が保育園のころに何度か見た。母に子守りを頼まれるたび、『勘弁してくれよ。仕事で疲れてんだからさ』と鬱陶しそうに繰り返し、妹の泣き声に根負けした形で抱え上げていた。

いいなあ、と指を咥《くわ》えるような気持ちで眺めていたことだけ覚えている。妹への父の反応を見ていたから、幸子は風邪をひいたときも甘えず、口癖のように『大丈夫』とほほ笑むようにしていた。

妹は父の背中に乗った。

この二日間、それまでが嘘のように父も母も上機嫌だ。こんな毎日が永遠に続いてくれたらいいのに——。

父は妹をおんぶしたまま歩きはじめた。夕日を真正面から浴び、影がどこか物悲しそうに伸びている。

妹がはしゃいだ声で言った。

「これからももっと遊びに行こ！」

父は立ち止まり、夕焼けの空を仰ぎ見た。

「そうだよなあ。みんなもっと遊びたいよなあ」

「うん、遊びたい！」

「……でも、今日は楽しかっただろ」

「うん！」

父は笑い返すと、また歩き出した。十五分ほど歩くと、駅に着いた。電車に乗って帰宅する。隣家と離れた場所にぽつんと独立して建つ二階建ての白い家だ。

母は道路に立ったまま、家をじっと眺めている。

「……帰ってきちゃったね」

母が独り言のように言った。何となく、終わってしまった旅行を残念がっているようには聞こえなかった。

父が玄関の鍵を開けると、妹は駆け込んでいった。

幸子は二の足を踏んだ。踏み込んでしまったら、何か取り返しのつかないことが起こる予感がする。

「どうしたの？」

背後から母の声がした。

「ほら、早く入らなきゃ」

軽く背中を押され、幸子は覚悟を決めて踏み出した。靴を脱ぎ、玄関に上がる。きょろきょろと見回してみた。家の中は——以前と何も変わらなかった。

幸子は手洗いを済ませると、階段を上がり、妹と二人で使っている自分の部屋に入った。服を着替えてしまうと、気分が落ち着いた。慣れ親しんだ日常にようやく戻ってきた気がした。

でも——。

パパやママも不仲に戻ったらいやだな、と思う。

部屋で漫画本を読みながら過ごしていると——内容はほとんど頭に入らなかった——、階下から「お風呂の時間よー」と母の呼ぶ声がした。若干の緊張を抱えたまま階段を下りる。

夕食の支度をしている母を横目にお風呂場へ行く。入浴し、パジャマに着替えて出てくると、テーブルに食事が並んでいた。

「ほーら、ご馳走よー」

母が皿を運んできた。大好物のエビフライがなんと十四も載っていた。見つめているだけでパリッと音がしそうな、赤みがかった衣――。横にはタルタルソースが山盛りになっている。

「……全員分？」

幸子は皿と母を交互に見ながら尋ねた。

母はハイテンションで「じゃーん！」と別の皿を見せた。同じく十四のエビフライ。

「裕子《ゆうこ》と二人で食べていいからね」

幸子はドキドキする胸を押さえながら訊いた。

「クリスマスは十二月だよ？」

「一度でいいからエビフライの食べ放題をしたいって言ってたでしょ。夢が叶《かな》ったでしょ」

誕生日にエビフライを食べたときは三匹だった。二匹だけの妹が『お姉ちゃん、ずるい！』と膨れっ面だったことをよく覚えている。

例の不安感がぶり返してきた。

こんなに幸せな時間が続いているのに、不安を感じたら罰《ばち》が当たってしまう。

幸子は感情を表に出さないようにして、椅子に座った。

食事中も両親はずっとほほ笑みを絶やさなかった。日常なのに非日常――。両親には仲良く笑っていてほしい、と願っていたのに、遊園地の笑顔が続いていることにななぜか怯《おび》えた。美味しいはずのエビフライもどこかパサパサしていて、喉が渇く。あれほど憧れていたエビフライの山なのに、三匹食べただけでおなかがいっぱいになってしまった。

「どうしたの？　もう食べないの？」

母はがっかりしたような顔をしていた。

幸子は不審がられないよう、笑みを繕った。

「明日に残しとく」

「明日……」

母の視線が落ち、うつむき加減の顔に影が生まれる。

「駄目？」

顔を上げた母からは、笑顔が消えていた。

「……今日のうちに食べてしまいなさい」

わざとらしいかな、と思いつつ、幸子はおなかを押さえてみせた。

「もうおなかいっぱいになっちゃった」

「食べないの？」

「うん」

「本当にいいの？」

「だって、おなかが――」

母の目を見たら最後まで言い切れなかった。低学年のころ、一度だけ見たことがある目だ。

ある日、欲しいフルーツジュースじゃないという理由で文句を言い続け、『いい加減にしなさい！』と怒鳴られた。反発し、グラスを壁に投げつけて粉々に割ってしまった。母に平手打ちを食らい、拗《す》ねた。

『家出する！』

そう言ったら子供の思い詰めた決意に母が慌てて、謝ってくれると思っていた。

でも、母は――。

『本当にいいの？　後悔しないのね？』

覚悟を試すように問い返した。後悔しないなら好きにしなさい、という口調だった。

今、母の眼差《まなざ》しと口ぶりからは、あのときと同じニュアンスが感じられる。

本当にいいの？　という確認の後には、あのときと同じように、後悔しないのね？という問いが隠されている気がした。気軽に、うん、と答えてはいけない重みがある。

結局、幸子は何も言えなかった。

母はエビフライが残った皿を取り上げた。台所の奥へ歩いていく。一瞬、ゴミ箱に捨てるのではないかと思った。でも、そんなことはなく、当たり前のように冷蔵庫にしまった。

母は振り返り、小首をわずかに傾けるようにしてほほ笑んだ。

「今日はパパとママの部屋でみんな一緒に寝ましょう」

真っ先に妹が「やったー！」と飛び跳ねた。ほんの一瞬、母の顔から表情が消えた――気がした。だが、それは思い過ごしだったのか、まばたきした瞬間には元のほほ笑みが浮かんでいた。

幸子は戸惑いながらも「うん」とうなずいた。母が「さあさあ」と言いながら背を押し、二階にある両親の寝室へ誘《いざな》っていく。

部屋に入ってから、まだ歯磨きしていないことを思い出した。母は気にした様子もなく、布団を整えている。いつもなら、歯磨きしないまま自室に戻ろうとしたとたん、虫歯になったら困るでしょ、いい歯は一生の宝なんだから、と絶対に注意されるのに。

幸子は少し不思議に思ったものの、ま、一日くらいならいいか、と忘れることにした。

布団にもぐり込もうとすると、母が「はい」とコップを持ち上げた。

「何、これ？」

水だ。首を傾げてコップを受け取ると、母は手のひらを見せた。カプセルが一錠、載っている。

「はい、お薬」

「私、病気じゃないよ？」

「これは病気を治すお薬じゃないの」

「じゃあ、何？」

「……二日間、遊園地で遊び回って疲れたでしょ。だから、次の日に疲れを残さないお薬。さあ、いい子だから飲んでね。ママもパパも飲むから」

カプセルを受け取ると、母は妹に向き直り、同じ説明をした。妹が「苦くない？」と心配そうに訊く。

「カプセルだから平気よ」

母が妹の口の前にカプセルを持っていった。妹は半信半疑の顔で迷いを見せた後、唇を開いた。母が優しくカプセルを含ませる。

「はい、お水」

差し出されたコップを妹は両手で保持し、ごくっと喉を鳴らした。

幸子はその様子を眺めながら、自分もカプセルを飲もうとした。開けた口の中に指を入れた状態で固まる。

何だか今日は薬を飲みたくなかった。飲むことがなぜか怖かった。

母が振り返る瞬間、とっさにカプセルを握り締め、さっと下ろした。グラスを取り上げ、水だけを飲む。冷たい液体が喉を流れ落ち、胃がしくしくする。

「お薬……ちゃんと飲んだ？」

幸子は水を飲んだ矢先から渇く喉を意識しながらうなずいた。カプセルを強めに握り締める。

母の手が顔のほうに伸びてきた。

嘘がバレたのだ。怒られる！

幸子は思わずぎゅっと目を閉じ、身をすくめた。
一、二秒の間があり、頭を優しく撫でられた。怒鳴り声などはなかった。
恐る恐る目を開けると、そこには相変わらずのほほ笑みがあった。

「いい子ね、言うことを聞いて」

「う、うん……」

「さあ、寝ましょ」

父が部屋に入ってくると、母が電灯の紐《ひも》を引いた。明かりが消え、一瞬で闇に覆い尽くされる。真っ暗な視界に残る光の余韻も、すぐ消えてなくなった。

突然、ふわっと光が戻った。母が枕元のランプを点《つ》けたのだ。温かみがある橙色《だいだい》の明かりが薄ぼんやりと広がる。

低学年のころは、こうしてよくこのランプのもとで母が絵本を読んでくれたことを思い出す。

純粋に両親に甘えられた幼少期が蘇《よみがえ》り、涙ぐんだ。目元を拭い、横たわる母の顔を見つめる。

「ほら、目を閉じて」

母がいたわるようにまぶたを撫でた。

幸子は目を閉じず、母を改めて見返した。

「でも、明かりが点いてるし、目が冴《さ》えちゃうよ……」

低学年のころは小さな明かりがなければ眠れなかった。真っ暗だと、暗闇から何か得体の知れない怪物が忍び寄ってくる気がして、怖かったのだ。でも、高学年になるころには、平気で電気を全部消すようになっていた。

得体の知れない怪物などは現実に存在しないと知ったからか、怖いものは見えないほうが安心できると気づいたからか。

そう、何でも見えてしまうほうが怖いのだ。この二日間の両親に感じる違和感――。

自分が何も感じ取ることなく、二人の笑顔を純粋に信じられたらこんな不安は覚えなかっただろう。

　母は「ごめんね」と謝り、また頭を撫でた。「二人の顔をよく見たいからランプは点けさせてね」

「……うん」

「すぐ眠くなるからね。心配しなくても大丈夫よ」

「……うん」

　目を閉じると、体を撫でさする感触と共に、母の子守唄が耳に入ってきた。

ねんねんころりよ　おころりよ
　懐かしかった。幼少期は母のこの歌声に包まれているうち、気がつけば眠っていた。

　今は――。

幸《さっ》ちゃんはよい子だ　ねんねしな
　逆に何となく落ち着かなかった。眠りに誘うというより、どこか物悲しく、切なさを掻き立てる歌声だった。

ねんねのお守《も》りは　どこへ行った
　幸子は母の体に手を回した。しっかりしがみついた。放したくなかった。放したとたん、母が消えてしまう気がした。全身で母を感じているあいだだけは、安心していられた。

――お姉ちゃんなのに甘えんぼさんね。

そう言って笑われると思った。でも、母は何も言わず、静かに子守唄を歌い続けていた。

あの山越えて　里へ行った

歌声に混じり、母と自分の心音が融《と》け合っている。だが、その速度は一致せず、母の鼓動のほうが若干速いようだった。

里の土産に何もろた

背後からは早くも妹の寝息が聞こえてきた。幸子は目をつぶったまま子守唄に耳を傾けた。

でんでん太鼓に　笙《しょう》の笛

体を撫でる母の手は、頭に移っていた。頭皮に触れず、髪の毛だけを撫でるようにひたすら優しく、優しく、優しく――。

子守唄は延々と続いていた。拳《こぶし》の中に握ったカプセルは、体温でだんだん融けてきているのが分かる。

次第にまどろみはじめ、まぶたが重くなってきた。いつの間にか母の体の感触が消えている。子守唄も聞こえない。

　ふと、強烈な臭いが鼻をついた。

何だろう。

途切れそうになる意識の中、考えた。そして気づいた。

ストーブの臭い。

特別寒い日にストーブのスイッチを入れたとき、火が点く直前に嗅ぐ臭いだ。切れた灯油を父が交換するときにも臭う。まだ暖かいのに母がストーブを点けたのだろうか。しかもいつもは『危ないから絶対にストーブを点けたままにしちゃ駄目』と怒るのに……。

幸子は気になり、うっすらと目を開けた。

隣で眠る母の姿が目に入ってきた。いつの間にか電気が消えており、影が——生き物のように伸び縮みして揺れている。目の錯覚かと思った。まぶたをこすりながら凝視する。

部屋の出入り口に仄明《ほのあ》かりがあった。蠟燭《ろうそく》——にしては短すぎ、小皿の上で直接火が揺らめいているように見える。

母の体ごしでは見にくく、幸子は身を起こした。目を凝らすと、蠟燭は蠟燭だった。かなり融けて短くなっているのだ。

幸子は目を剝《む》いた。

火をつけたまま寝るなんて——。

父がソファで寝ころびながら煙草《タバコ》を吸っていたときの母の怒りようは、今でも鮮明に記憶に残っている。

危ない。早く消さなきゃ。

幸子は立ち上がり、母を跨《また》ごうとして体に引っかかった。躓《つまず》き、母に覆いかぶさるように倒れ込む。

「ごめんなさい！」

母が当然目覚めたと思い、反射的に謝った。でも、母は死んだように身動きしない。

辛うじて小さく胸が上下している。

「……ママ？」

母の寝顔を見つめた後、蠟燭を見やった。よく見ると、蠟燭を立てた小皿には液体が満ちているようだった。

そうか。安全のために水が張ってあるのだ。陶器のお皿はそもそも燃えないし、水があれば絨毯《じゅうたん》に火が燃え移る心配もない。母は万が一に備えていたのだ。

ほっと胸を撫で下ろした。

冷静に考えてみれば、心配性で口うるさいくらいの母がいい加減なことをするはずがない。

でも——なぜ蠟燭が出入り口に？

妙な違和感。ざわざわする胸騒ぎ。

何だろう。放置したら危ない気がする。

幸子は立ち上がり、蠟燭に近づこうとした。瞬間——火が皿の液体に触れ、火柱が噴き上がった。それは瞬く間に真っ赤な壁となり、室内から廊下へ広がっていく。

火事だ！

幸子は猛烈な熱気に気圧《けお》され、後ずさった。燃え盛る炎を呆然《ぼうぜん》と見つめる。赤々とした遊園地での夕日をふと思い出した。

はっと我に返ると、母を揺さぶった。

「ママ！　ママ！　火事！　火事！」

母は一向に起きる気配がなかった。息はしているのに、まるで死体のようだった。

普段は目覚めがいいのに——。

「裕子！」

幸子は妹を引っ張り起こした。だが、依然として眠ったままで、手を放したとたん人形同然に倒れ込む。

焦燥感に駆り立てられた。振り返ると、炎は天井まで伸び、柱を焦がしている。黒煙がもうもうと立ち昇り、部屋の隅に闇のように溜《た》まっていく。

早くみんなを起こさなきゃ——。

「パパ！　パパ！　起きて！　起きてったら！」

父の体を叩《たた》いた。叩きまくった。握った拳をハンマーのように何度も何度も落とし、大声で呼びかけ続けた。反応がまるでなく、人間でなく砂袋を叩いている気がした。

火がぱちぱちと弾ける音が迫ってくる。首の裏側がひりつく。息苦しいほど焦げ臭い。

全員をとにかく揺すった。

躊躇《ちゅうちょ》している間はない。手のひらで顔をばんばん叩いた。これで起きないはずがないのに、誰も起きなかった。

神様――。

手を合わせて祈った。だが、奇跡は起きなかった。家族は眠り続けている。

幸子は立ち上がり、カーテンを引き開けた。一面のガラス戸の向こう側には雨戸が閉まっている。ガラス戸は開けられても、雨戸は無理だった。鍵が複雑で、開け方が分からない。指ででっぱりをガチャガチャと押し続けた。

やがて諦め、南側の小窓に駆けつけた。窓を真上に引っ張り上げ、顔を突き出して二階から助けを呼んだ。離れた隣家に届くよう、喉が破れそうなほどの大声を出した。

引っ込み思案な性格で、運動会の応援でもこんなに叫んだことはない。

夜がやけに明るいのは背後の炎のせいだった。

遠くからサイレンが聞こえてくる。突然、ベニヤ板を裂くような音が真後ろから聞こえた。振り返ると、炎に包まれた廊下の天井が崩れ落ちていた。

もう時間がない――。

幸子は母の腕を摑《つか》み、引きずろうとした。腕が伸びるだけで、体はびくともしない。ぜいぜい喘《あえ》ぐと、煙を吸い、むせた。煙が目に染み、涙が出る。眼球に薄膜が張ったように視界が霞《かす》む。

母が無理なら父はもっと無理だろう。ベビーベッドは黒煙に包まれ、弟のもとへ駆けつけるのは不可能だった。

妹だけでもと思い、抱え起こそうと踏ん張った。でも、持ち上がらず、引きずるのがやっとだった。寝転がった父の体が障害物になり、これ以上、窓のほうへは向かえなかった。

炎が部屋を侵食しはじめている。

幸子は父の右足首を両手で摑んだ。全身全霊で引っ張り、場所をずらそうとした。でも、脚が開き、腰が少し滑っただけだった。大人の男は体重が重く、とても無理だった。

涙を流し、鼻水をすすり上げながら頑張った。家族の名前を叫びながら頑張った。どうにもならなかった。

咳《せ》き込むたび、意識が朦朧としてくる。まるでプールの底に長時間沈められたように、頭ががんがんして、めまいがする。

幸子は大泣きしながら這《は》いずり、窓にたどり着くと、身を乗り出した。真下に人の姿が見える。天使の翼のように両腕を広げている。何かを叫んでいる。

吸い込まれるように窓から滑り出た。消えゆく意識と共に体も落ちていく。

どこまでも、どこまでも——。

1

都内の有名ホテルのホールは、きらめくシャンデリアが黄金色の光を撒《ま》き散らし、純白のクロスが掛けられたテーブルの数々に和洋中の豪勢な料理が並んでいた。ローストビーフ、寿司《すし》、フライドポテト、テリーヌの盛り合わせ、スモークサーモン、シーフードマリネ、カボチャの冷製スープ、ミモザ風のポテトサラダ、牛フィレ肉のパイ包み焼き、各種デザートとフルーツ——。

テーブルの上が多種多様な色であふれている。芸術の展示場のようだ。

山上《やまがみ》幸子は場違いなところに来てしまった居心地悪さを感じながら、ホールを見回した。ドレスアップした美男美女の姿が多い。周囲の人々の腕時計やアクセサリー一つとっても、自分のより十倍、二十倍は優にするだろう。精一杯お洒落《しゃれ》したつもりでも、小さな町工場の事務員の給料では、所詮この程度なのだ。魔法をかけられないまま舞踏会に迷い込んだシンデレラの気分だった。

高校時代の友人に「一人じゃ不安だから」と懇願され、しぶしぶ参加したらまさかこんな場だとは思いもしなかった。当の友人は積極的に男性たちにアプローチしている。弱音は一体何だったのか。

『婚活パーティー』というからには、自分のように幸せになりたくてもなれない人間が最後の拠《よ》り所として集まる、もっと冴えない男女ばかりの場だと思っていた。『婚活パーティー』は、セレブな男女たちがスマートに交流する社交パーティーも同然だった。

幸子は挙動不審になっているのに気づき、独りの間を持たせるために料理を吟味しているふりをした。眺めていると、どれも美味しそうで、つい手が伸びた。

スモークサーモンとポテトサラダを皿に盛る。

そこではたと気づいた。料理を取ったはいいものの、一体どうやって食べればいいのだろう。

周りの丸テーブルでは、お洒落な男女が向き合い、上品に笑いを漏らしながら談笑している。割って入る勇気はない。

立ったまま食べてもいいのだろうか。

誕生日やボーナス日に奮発する唯一の贅沢は、大型ショッピングモールのフードコートでの食事だ。有名ホテルのディナーなどは全く経験がない。マナーが分からない。

それとなく目を動かし、誰かの食事作法を参考にしようとした。

だが――。

料理に手を付けている者は見当たらなかった。

羞恥で頬が熱を帯びる。

食べることもできず、かといって料理を戻すのも失礼だし……どうすればいいのか分からない。半ば強引に誘われたとはいえ、なぜこのようなパーティーに参加してしまったのだろう。後悔ばかり強まっていく。

精いっぱい化粧をしても、自分は平凡だと知っている。参加者の女性たちはきっとすっぴんでも美人なのに、化粧までばっちり決めている。素材が違うのだからもとより敵《かな》うはずがない。

幸子はただ一人、手つかずの皿を持ったまま、会場の片隅に突っ立っているしかなかった。華やかな場を眺めていられず、安物の腕時計とばかり睨めっこしてすごした。顔を上げるたび、美男美女の組み合わせが増えていく。

あの子が欲しい。あの子じゃ分からん

ふいに『はないちもんめ』の歌詞が脳内でリフレインした。小学生のころ、児童養護施設の子供たちのあいだで流行《はや》った遊びだ。先生に無理やり参加させられ、そして最後まで選ばれずに残るのがお決まりのパターンだった。

親に棄《す》てられた子たちの中でも自分はいらない子なんだ——と、内心ずいぶん傷ついた。何度も取り残されるうち、本音を隠して笑う術《すべ》だけうまくなった。そんな惨めな思いなど想像もしてくれなかった先生は、ほほ笑ましそうに眺めていた。

あの子が欲しい。あの子じゃ分からん。

誰からも望まれない『はないちもんめ』——。

今日はきっと子供のころに身につけた笑顔の仮面を嵌《は》め、あらゆる感情を押し殺して会場を後にするのだろう。

幸子は皿のスモークサーモンとポテトサラダを睨みつけたまま、下唇を嚙《か》んでいた。

交際相手が見つからないならせめて元だけは取ろう、と思うものの、社交の場でただ一人、料理にがっついている姿は人からどう見られるだろう。いや、見られるも何も、どうせ自分なんかは誰の目にも映っていないのだから、どんなみっともない姿を晒《さら》しても気にする必要などないのかもしれない。

箸を取り上げ、皿のサーモンを摘《つ》まもうとしたとき——。

「ずっと一人だね」

背後から声をかけられ、心臓が飛び上がった。皿を取り落としそうになり、慌てて右手で支える。

自分が話しかけられたのだろうか。振り向いたとたん、後ろの男性が他の女性と見つめ合っていたら、笑いものだろう。

高鳴る心臓を意識しながら振り返った。男性の優しげな眼差しと直面し、幸子は思わずまぶたを伏せた。グレーのスーツの袖口から覗く白いシャツのカフスボタンが目に入る。ワインレッドで、大粒のクリスタルストーン。本革の革靴はアンティーク家具のような鈍い光沢があり、甲の部分の曲線美が引き立っていた。さりげない部分に気配りがされていて、会話するには不釣り合いすぎる相手だと一瞬で分かった。

「緊張してる？」

幸子は「はい、少し……」と蚊が鳴くような声で答えた。

「顔、上げてよ。床には何も落ちてないしさ」

幸子は恐る恐る視線を上げつつ、相手の面貌が醜いことを願った。そうすれば釣り合う。負い目を感じずにすむ。

だが——。

目の前でほほ笑んでいる男性は、シャンデリアの光に輝く茶髪の色味が美しく、無造作に見えるスパイラルパーマが似合う、爽やかな顔立ちだった。

——なぜこんな人が私に声をかけてきたんだろう。

困惑して言葉を返せずにいると、男性はほほ笑みを絶やさないまま言った。

「寂しそうにしてたから気になってさ」

やっぱり、と思った。同情して話しかけてくれただけなのだ。きっと惨めな人間にも優しくする姿は好感度が上がるだろうから。

『はないちもんめ』でも、男性の先生は美人の同僚がそばにいるときだけ、「幸ちゃんも呼んであげようね」と優しさをアピールしていた。きっと自分は〃口実〃に使われるのが似合っているのだ。それならば、せいぜい自分の役割を演じよう。

「ありがとうございます。優しいんですね」

口にして初めて皮肉めいて聞こえることに気づき、幸子はどう取り繕おうか戸惑った。男性も皮肉に捉えたらしく、一瞬、返答が遅れた。

「……いや、不快にさせたらごめん」

幸子は「いえ……」と静かに首を横に振った。こんなふうに素直に謝られるとは思わず、返すべき言葉を見つけられなかった。居心地が悪くなって視線を逃がした。

「あ、あの……」

男性は「ん？」と小首を傾げた。ともすれば女性っぽく見えるその仕草も、わざとらしさはなく、子供のころからの癖であるかのように自然だった。

「その……何で私に声をかけてくれたんですか？」

自分でも想像以上に卑屈すぎる響きを帯びてしまった。悪戯《いたずら》っぽく意図を尋ねてみる、というより、疑心暗鬼で追及するようなニュアンス——。

男性は余裕を取り戻したらしく、少しはにかんだ。

「結婚相手を探す男女が出会う場所だったと思うけど、ここ」

一瞬嫌味かと思ったものの、口ぶりはからかうような調子だった。こういうとき、どういう台詞《せりふ》で応じたらいいのか分からない。

「俺は桐生隆哉《きりゅうたかや》。君は？」

名乗るのを躊躇した。名前も外見も洒落ている彼に対し、自分はどちらも平々凡々としていて、不釣り合いとしか思えない。しかし、名乗られて名乗らないのは失礼にもほどがある。

「私は――山上幸子です」

「いい名前だね」

お世辞はいらない。生まれてこのかた、名前を褒められた記憶などない。周りでも褒められるのは、美姫《みき》とか、理奈《りな》とか、華穂《かほ》とか、字面も響きも美しい名前の子ばかり。もっとも、そんな名前なら似合わなすぎていじめの対象になったかもしれない。

「そうですか？」幸子は言った。「昭和っぽいね、とは言われたことあります」

「幸子さんは昭和生まれ？」

「ぎりぎり平成です」

「そうなんだ。幸子、いい名前だと思うよ。娘の幸せを願う両親の想いが伝わってくる」

幸子ははっとし、身を強張《こわば》らせた。

――娘の幸せを願う両親が一家心中をしますか？

あの日は最後の晩餐《ばんさん》のつもりだったのだろう、紅蓮《ぐれん》の炎と共に記憶に焼きついているのは、両親のいびつな笑顔だった。まるで夏祭りによく売っているお面を被《かぶ》っているような――。

遊園地で一緒に撮影したマスコットと母の笑顔を、どちらも作り物っぽいと感じたことを思い出す。

胸の中を浸す毒のような苦しみを押し隠し、何とか微笑を繕った。

「ありがとうございます」

「幸子さんは何をしているの？」

「え？」幸子は左手の皿を見た。「料理を食べようと思って……」

隆哉は「違う違う」と笑った。「職業職業。仕事。幸子さんって天然だよね」

頬が熱を帯びた。

悪口ではないのは分かっていても、男女の機微や上品な場でのマナーに疎いことをからかわれた気がしてしまう。

「……町工場で事務員をしています」

答えてから沈黙が降りてくる。質問に答えたら、相手にも訊き返すのが礼儀だと思い至り、慌てて「桐生さんは？」と訊く。

「カーディーラー」

「カーディーラー？」

隆哉は後頭部を掻き、照れ笑いを浮かべた。

「格好つけたけど、車の販売業者ね。自動車メーカーと特約店契約を結んだ店で、新車や中古車を売ってる」

カーディーラー。カーディーラー。その響きが妙に気に入り、つい小声で何度もつぶやいてしまった。

「えっと……」

隆哉は控えめに笑うと、「何か飲む？」と長テーブルを見やった。

「ワイン、ビール、ウイスキー、日本酒。何でもあるけど、アルコールが駄目ならソフトドリンクも。オレンジジュースやソーダ、ウーロン茶――」

彼はホテルのウエイターさながら、飲み物の種類を列挙した。無理にアルコールを勧めないあたり、紳士的で好感を抱いたものの、単に酔わせたいと思うほどの相手ではなかっただけかもしれないと思い直す。

昔から勘違いして恥ずかしい思いをしてきた。男性は大して関心がない相手にほど気さくなのだ。変に期待したら裏切られる。

たぶん自分は、色とりどりの豪華な料理の中でたまたま箸休めに選ばれた惣菜《そうざい》なのだろう。そう考えると、緊張がふっと抜けた。

「じゃあ、ワインを」

「オーケー」

隆哉は親指を立ててみせると、ドリンクコーナーへ歩いて行った。幸子は彼の背を目で追いながら、ふうと一息ついた。彼が戻ってくるのをぽつんと待つ。

「苺《いちご》のスパークリングワインにしたよ」

隆哉が差し出したスリムなワイングラスには、淡いピンクの液体が半ばまで注がれ、大粒の苺が三個沈んでいた。

「中の苺はデザートを利用した」

何でもないことのようにお酒を一工夫できるあたり、実はバーテンダーの経験もあるのではないか。

「スパークリングって何ですか」

「発泡性の、ってこと」

言われてみれば、沈んだ苺に気泡が纏《まと》わりついている。

幸子はワイングラスを受け取ると、口をつけた。苺の芳香が鼻腔《びこう》に抜け、フルーティーな甘みが舌に広がる。

「美味しい……」

つぶやきながら隆哉を見ると、彼はワイングラスを掲げたまま苦笑いしていた。

「乾杯したかったな」

幸子は「あっ」と声を上げた。また頬が熱くなる。

「ごめんなさい。か、乾杯！」

焦ってワイングラスを突き出すと、液体が跳ね、彼の手の甲に飛んだ。

「ごめんなさい！」

「大丈夫、大丈夫」

彼は笑いながら、長テーブルのナプキンを取り、手を拭いた。高級レストランが似合いそうな所作だった。

惣菜は惣菜らしく一時の気分転換の役割を果たせばいいのに、自分にはそれすらできないのか。自己嫌悪に陥る。

「本当にごめんなさい……」

床に落とした視界の中に、隆哉の革靴が入ってきた。顔を上げると、彼の笑みと直面した。

「謝るの、癖？」

「え？」

「いや、俺、人生でこんなに謝られたことないかもしれない」

「……ごめんなさい」

「ほらまた！」

隆哉は茶化すように指摘した。

「幸子さん、他の女性みたいにがつがつしてないよね」

幸子は「え？」と顔を上げた。

「いや、色んな女性と話してみるとさ、上品に繕っているだけで、結構肉食系でさ」

「……私は違いますか？」

「なんかこう、雰囲気がね」

「翳《かげ》がある――？」

「いやいや、そういうわけじゃなく」

ひた隠しにしていても一家心中の過去はどこからか漏れ、唯一の生き残りとして好奇と同情の目を向けられてきた。過去を知らない人たちからも、『どこか翳がある』とよく評された。隠し通したいと思う一方、時には『一家心中の生き残りだから！』と叫び散らしたい衝動にも駆られ、葛藤した。

困り顔の隆哉は、照れたり困ったりしたときの癖なのか、後頭部を掻きながら言った。

「控えめな感じがしてさ」

精いっぱいオブラートに包んだ表現なのだろう。興味がない箸休めの女性にも気を遣ってくれるのは、彼の優しさなのか。

「実は俺さ、自己主張の激しい女性にひどい目に遭わされたことがあって、それ以来、男女関係に臆病になっちゃって。結局、三十四まで独身のまま。だから、癒されたいのかも」

「旅行とか？」

「じゃなくて。幸子さんみたいな女性、いいな、って」

女性の大半がきゅんとするような照れ笑いを前にしても、冷静な自分が心の中で囁《ささや》いている。

――私が一家心中の生き残りだとしても癒されますか？

残酷な問いをぶつけたら、彼の爽やかさはどうなるだろう。能面に取って代わられるだろうか。

隆哉は苦笑した。

「何か言ってほしいな。沈黙が怖い」

「ごめんなさい」

「待って。今、フラれた？ それとも、沈黙のこと？」

「あっ、黙っちゃってごめんなさい、です」

自分に彼のような素敵な男性をフる資格があるだろうか。

「よかった」

隆哉は胸を押さえながら息を吐いた。わざとらしい演技に見えたものの、大袈裟《おおげさ》に冗談めかした仕草をしてみせただけだと気づき、あまり裏表がなさそうに感じた。

「ほとんど話す前からフラれたらどうしようかと思った。幸子さんの話を聞かせてくれる？」

心臓が騒ぎはじめ、額に汗が滲《にじ》み出た。

『婚活パーティー』では避けて通れない話題なのだろう。そう分かっていても尋問される被告人になった気がする。

何をどこまで答えるか、正解したためしがなく、質問されるたびにパニックに陥る。

「じ、事務員をしています、町工場の」

隆哉は笑みをこぼした。

「うん、それはさっき聞いたよ」

「そ、そうですよね。何を答えたらいいですか？」

正解を教えてほしい。

――一家心中の過去は知りたいですか?

もしそう問い返したら、きっと好奇心をくすぐられるだろう。訊いた時点で返事は一択しかない。所詮、他人事《ひとごと》なら不幸話は野次馬的好奇心を満たすためのおかずなのだ。

隆哉は「んー」と悩んだ顔を見せた。

「いきなりプライバシーに踏み込みすぎかもしれないけど、たとえば、幸子さんがこういうパーティーに参加した理由とか、どう?」

「……幸せになりたくて」

反射的に口をついて出た。

「それはまた抽象的な。何だか誤魔化されてる気がするなあ」

胃がきゅっと引き絞られた。だが、恐る恐る彼の表情を窺うと、何かを疑っているというより、男女の駆け引きを仕掛けられて苦笑するようなニュアンスで漏らした台詞だったのだと気づいた。

結局、自由時間の大半を隆哉と話してすごした。彼は必要以上にはプライバシーに踏み込まず、自分自身の話をした。都内に2LDKのマンションを借りて生活しているという。煙草やギャンブルはせず、嗜《たしな》み程度にお酒を飲むだけ。趣味はドライブ。二十代前半は職を転々としていたものの、車好きが高じ、高校時代の先輩の紹介で車の販売業店に就職した。食事はコンビニを利用する以外は、ほんの気まぐれで外食をする。

「俺はそんなお高い舌じゃないし、ありきたりなフードコートなんかの料理が馴染《なじ》むんだけどね。幸子さんは料理はするの？」

「……ずっと自炊です」

調理師が三食作ってくれる児童養護施設を卒業したばかりのころは、不慣れな独り暮らしに戸惑いも大きく、コンビニを利用していた。だが、食費の負担が大きくなるにつれ、自炊を覚え、節約している。それでも決して生活は楽とは言えないが。

「料理ならそこそこ得意かもしれません」

「へえ」隆哉は無邪気そうな笑顔を見せた。「じゃあ、いつか幸子さんの手料理、食べてみたいな」

「喜んで！」

前のめりになる勢いで反射的に大きな声を上げてしまい、はっと我に返ったとたん、恥ずかしくなった。

「ご、ごめんなさい。手料理、人に食べてもらったことがないから……つい嬉しくて」

正直で卑屈すぎると気づき、幸子は訂正しようとした。だが、彼の表情はどこか嬉しげで、否定的に受け止められたようではなさそうだった。

腕時計を確認した隆哉は、ズボンのポケットからスマートフォンをちらっと覗かせた。

「よかったらさ、連絡先、交換しない？」

「それって規則違反なんじゃ……」

『婚活パーティー』の最後には、交際希望者の名前を書いてのマッチングが行われるらしい。個人的に連絡先を交換するのは、応募時の要項で禁じられていた。

「平気平気」

「でも……」

「何かさ、マッチングじゃ、幸子さん、俺の名前を書いてくれない気がしてさ」

彼の想像は当たっていた。実際、誰の名前も書かないつもりだった。参加者の男性たちは自分に不釣り合いなほど輝いている。百パーセントありえないとしても、仮に交際し、結婚したとき、相手に負い目を感じながらの生活が容易に想像できてしまう。

それは果たして幸せなのか。

「……何で私なんですか？」

――箸休めじゃないんですか？

隆哉は気恥ずかしそうに視線を逃がし、人差し指で頰を掻いた。

「何て言えばいいのかな、実際に話してみて、俺の想像どおりの女性だと分かって、理想的で、付き合ってみたいな、って」

理想的で想像どおり――か。一体どのようなイメージを持たれているのだろう。何をしてしまったら彼を失望させるのだろう。彼と付き合ったら、言動の一つ一つ、期待を裏切らないように悩まなければいけないかもしれない。

それでも、彼と付き合えば、自分も人生の幸せを手に入れられるだろうか――。

幸子は「……はい」と答え、隆哉をじっと見つめた。

2

毎週末、隆哉と会うようになって三週間が経《た》った。

デートのたび、彼はマンションまで車で迎えに来てくれた。申しわけないから、と恐縮すると、彼は「車を自慢したいだけだから」と爽やかに笑う。行き先は洒落たイタリアンやエスニックだった。決して高くはなく――それでも一人では記念日に利用するような金額だが——、肩肘を張らずに食事できる。

服装をどうしよう、化粧をどうしよう、会って何を話そう、と思い悩むのは、疲れる反面、何だか胸が躍る。ささやかながら、これが幸せというものかもしれない、と感じていた。

「来週はさ、俺の部屋で一緒に映画でも観《み》ない？」

帰りの車中で、彼がそう切り出した。気軽な調子の台詞だったものの、声色には緊張が見え隠れしていた。反射的に「はい」と応じそうになり、思いとどまった。

彼の部屋に誘われる意味に思い至ったのだ。たぶん、映画は口実だ。四度目のデートでそういうことをするのは早すぎないだろうか。

「4Kの五十インチテレビを買ってさ。大迫力だし、せっかくだから一緒に観ようよ」

若干早口だった。演劇の台詞のように流暢《りゅうちょう》で、数えきれないほど頭の中でシミュレーションしたのだと分かる。きっと、男女関係の機微に長《た》けた経験豊富な女性なら、彼の意図を察し、思わせぶりな態度で駆け引きしたり、巧みに躱《かわ》したり、あるいは誘いに応じたりできるのだろう。

返事に窮していると、気まずい沈黙が降りてきた。彼自身、真意が伝わったことは感づいているのだ。

彼と肉体的に結ばれたら、もっと幸せを感じるのだろうか。

即答したら軽い女だと誤解されそうで、大人の駆け引きをしようと思うものの、どのような言動が相応《ふさわ》しいのか、何も分からない。結局、無言で控えめにうなずくにとどめた。

逆に二人のあいだにある緊張が増した。

もう少し明るく無邪気に応じるべきだった。考えてみれば、こんな態度をとったら相手も余計に重苦しく感じるだろう。

今さら大学生のようなノリでテンションを上げてみせることもできず、ただ、曖昧な愛想笑いを浮かべるしかなかった。マンションまで送ってもらう車内でも互いに言葉は少なく、幸子はビル群の隙間からときおり覗く夕空を眺め続けた。

マンションに着くと、「ありがとうございます」と礼を言い、車を降りた。

「……じゃあ、また来週」

隆哉は軽く手を振ると、発車させた。夕闇に向かって走り去る車は、何だか物悲しく、幸せと一緒に逃げ去っていくように見えた。

こんな気持ちになるなら、お茶くらい誘うべきだった。しかし、来週、彼のマンションを訪ねる約束をしたその日に自室に招じ入れるのは、彼の誘いを軽んじているように受け止められてしまいそうで、何も口にできなかった。

またすぐに会えるのだから、と自分に言い聞かせる。

――幸せはまた戻ってきてくれる。

幸子は部屋に入ると、入浴した。面白くもないバラエティ番組を惰性で流し、ベッドにもぐり込んだ。

翌朝はいつもどおり最低限の化粧を施し、電車を乗り継いで『八幡三田工場《やはたみた》』の事務所へ出勤した。スカートは膝丈。ブラウスのボタンも一番上まできっちり留めてある。

合鍵でドアを開け、事務所に入った。毎朝、一番乗りだ。仕事の準備をしながら作業員を待つ。

前は小さな食品会社に正社員として勤務していた。だが、異物混入が相次いで連日メディアで叩かれ、売上が低迷して倒産。無資格のアラサー女に再就職先が簡単に見つかるわけもなく、数え切れない面接で駄目出しを受けた。もちろん、面と向かって罵倒されたわけではないものの、面接官の慇懃無礼《いんぎんぶれい》な質問や説教で自分が求められていないことは充分に理解できた。派遣やパートも視野に入れはじめたとき、何とか採用されたのが『八幡三田工場』の事務員だった。

順繰りに五人がやって来た。最後は、辣腕だった父親の跡を継いだ三十代後半の若社長だ。商才は受け継がなかったらしく、経営は決して順調とは言えない。

若社長は真後ろを通り際、幸子の肩を揉《も》むようにした。

「紅一点なのにさ、肩と同じで硬いよ、幸子ちゃん。もう少し色気ある格好はできないの？」

就職してから半年、事あるごとに言われ続けている。

「いえ。私なんか、似合いませんから」

「そんなことないって。ためしにさ、膝上十センチからはじめようよ。胸だって小さくないんだし、ボタンを二つくらい外してさ、谷間見せようよ、谷間」

「誰も喜びませんよ、そんなの」

執拗《しつよう》に絡まれないよう、幸子は辛うじて苦笑を作ってみせた。

昔から自己評価が低く、セクハラを撥《は》ねつけるだけの気の強さも自信もない。ぴしゃりと言い放つ権利があるのは、美人だけだと思っていた。平凡な顔立ちの自分が口にしたら、自意識過剰な台詞に感じ、赤面してしまうだろう。そのうえ、手のひらを返すように、誰がお前の体なんか、と吐き捨てられたら、きっと傷つく。

「自信持っていこうよ、自信。そのほうが取引先にもアピールできるしさ」

若社長は笑いながら去っていく。

取引先も何も——訪ねてくるのは借金取りばかり。せっかくの就職先も来年には潰れているのではないか。セクハラ・パワハラ・モラハラが横行するこんな職場にしか就職できなかった自分が情けない。

『八幡三田工場』は銅板を加工して何かを作っているらしいが、説明を聞いてもいまいち分からず、どういう需要があるのかも謎だ。作業時間になると、作業員たちは併設された工場へ去っていく。事務所の窓からは、大型の機械を扱う姿を見ることができる。

昼休みになると、彼らは油じみた作業服のまま事務所に戻ってきて、猥談《わいだん》に花を咲かせながらコンビニ弁当を突っつく。

前職の女子更衣室で毎日耳にした同性たちの猥談のほうがどぎついものの、男性たちから好色な流し目を向けられる中で聞かされるのは、やはり不快だった。文句も言えず、ただ愛想笑いで誤魔化すだけ。

苦痛も毎日続けば慣れるものだ、と経験的に知っている。

幸子は感情を殺すことで日々をすごした。時は立ち止まることなく、流れていく。

隆哉と約束した日はあっという間にやって来た。その日を待ち望む反面、怯えてもいた。

車で迎えに来てくれた隆哉は、普段どおり、ストライプのシャツにジーンズだった。気取ってもいず、それでいて清潔感がある。

幸子は自分の格好を意識し、張り切りすぎたかな、と後悔した。ウエストにリボンのついたオフホワイトのワンピースの上から、ピンクのカーディガンを羽織り、小花柄のパンプスを履いている。

　相手は特別な一日も、いつもと変わらないデートのように装っている。

「あの……好みの格好じゃなかったらごめんなさい」

「ん？　似合ってるし、そんなふうに気にすることないよ。服装とデートするんじゃなく、幸子さんと一緒にいるのが楽しいからデートするんだしね」

　隆哉は爽やかに笑った。

　自分にはもったいない彼氏だと改めて思う。

　幸子は助手席に乗り込むと、今まで以上にかしこまった。拳は両膝の上で握り締めたままだ。汗ばんだ手のひらをハンカチで拭う仕草も、何となく見られたくなかった。緊張の証《あかし》は極力隠しておきたい。

　だが――。

　努力しても表情や口調で充分伝わってしまっているだろう。隆哉の口数も次第に減っていった。

　自分が住んでいる部屋の二倍の家賃はしそうな九階建てのマンションに着き、エレベーターで六階へ上がる。隆哉の後をついていき、彼が六〇七号室の鍵を開ける姿を見守る。

「どうぞ」

彼が先に入り、靴を脱ぎながら振り返った。

幸子は喉を鳴らした。彼の期待を裏切りたくないと思う一方、逃げ出したくなる衝動と闘う。

緊張を見せないように懸命に努力し、「お邪魔します」と一歩を踏み出した。無理して履いてきたヒールで躓きそうになり、何とか踏みとどまる。

浮足立っているのは決して高揚感からではない。

上がり框《かまち》に上がると、幸子は隆哉の背だけを見つめ、廊下を進んだ。リビングに入った彼が電気を点けるや、ソファやガラステーブル、キャビネットがセンス良く配置された室内が現れた。自分の狭苦しいマンションの一室とは大違いで、場違い感を覚える。

「まあ、自慢できるもんはあれしかないけど」

冗談めかして笑う隆哉の視線の先を追うと、4Kの五十インチテレビが壁付けされていた。周囲をダークグレーの壁面収納が四角く取り囲んでいる。

きっと男同士なら盛り上がるのだろう。しかし、今日はそのテレビも口実にすぎないと分かっている。

隆哉が壁面収納を開けた。DVDのパッケージが並んでいる。映画などはレンタルでしか観たことがないから、正直に言えば、それだけで少し高級感があった。

彼が一枚のディスクをDVDプレイヤーにセットし、三人掛けのソファに腰を下ろした。彼が真ん中寄りに座っているせいで、隣り合って座れば必ず体を寄せ合う形になる。

「去年流行った映画なんだけどさ。好みに合えばいいけど」

幸子はできるかぎり反対側に身を寄せるように尻を落とした。隆哉とのあいだに存在する二、三十センチの空間が妙に気になる。相手がそこを意識しているのが伝わってくるから、余計に。

早く再生してくれるのを待った。

隆哉は映画の話をしながらリモコンを取り上げた。粗筋を全部バラしてしまわないように抽象的な表現を使っているものの、きっと台詞回しもそらんじられるほど観てきたのだと分かる。だからこそ、彼にとって映画が口実にすぎないのだとますます実感してしまい、緊張が否応《いやおう》なく増した。

はじまった映画の内容はろくに頭に入らなかった。身を固くしたまま、意識のほとんどは隆哉に向いていた。いつ抱き寄せられるのか。

映画の中の主人公とヒロインがキスしているとき、頬に隆哉の視線を感じた。きっと振り向けばそういう雰囲気になり、自然と事が進むのだろう。それが分かっているからこそ、逆に身動きできなかった。

もはや背景同然の映像をじっと見つめ、鑑賞しているふりをする。わざとらしく「面白いですね」なんて感想を述べてみる。恋愛を連想させる単語——ロマンチックですね——は口にできず、ラブロマンスとしては不似合いな感想になってしまった。

気がつけばエンドロールが流れはじめていた。隆哉が立ち上がるときに小さな嘆息が漏れた。

「コーヒー、淹《い》れるよ」

素っ気なく言い、ダイニングへ去っていく背中を見つめた。

ぎゅっと締めつけられるような痛みが胸に走る。

全てを承知で彼のマンションまでついてきたにもかかわらず、いざとなったら覚悟が決まらず、彼を失望させてしまった。徹底した拒絶だと受け取られただろうか。

違う！　と大きな声で否定したかった。

彼がコーヒーを運んできて、ガラステーブルにソーサーを置く。

「ありがとうございます」

幸子は目を合わせられないまま言うと、カップを手に取った。香ばしい匂いが立ち昇り、鼻を刺激する。

口をつけると、舌に広がった胆汁のような苦みが喉を滑り落ちていった。

幸子は今の気分をそのまま呑み込み、横目で彼を窺った。隆哉はエンドロールで停止したテレビ画面をじっと睨んだまま、コーヒーに口をつけている。

その後は気まずい時間が続いた。

挽回《ばんかい》しなきゃ――という焦りだけが募っていく。

自分にできることは何かないか、と悩みに悩んだとき、唯一の特技を思い出した。

手料理！

――いつか幸子さんの手料理、食べてみたいな。

今こそ隆哉との約束を守る機会だ。

「あ、あの！」思わず大きな声が出た。幸子はソファから立ち上がりながら言った。

「な、何か食べるもの作ります！」

見下ろすと、無表情の眼差しと対面した。痛いほど高鳴る心臓を押さえたくなる。

隆哉は――表情を和らげ、口元に微笑を浮かべた。

「そっか、幸子さん、得意だって言ってたもんね。ちょうどおなかが空《す》いてたし、じゃあ、ぜひ」

精いっぱい歩み寄ってくれたのだと分かった。

今度こそ期待に応えなければ――。

「任せてください！」

幸子はダイニングに向かい、冷蔵庫を開けた。すっからかんでビールのつまみくらいしかなかったらどうしよう、と心配していたが、そんなことはなく、料理には充分な食材が揃っていた。実は彼も日ごろ自炊しているのだろう。

胸を撫で下ろし、野菜や牛肉を取り出していく。まな板の脇に置き、鍋を手に視線を横に向けたとき――。

幸子は息を呑んだ。

キッチンは、ガ、ス、コ、ン、ロ、だった。

自分のマンションより高級だから、キッチンもグレードが高いのだと思い込んでいた。

暮らしていくうえでマンションに高望みなどはなかったが、絶対に譲れない条件が一つだけあった。

I、H、であること。

幸子はツマミに指を伸ばし、深呼吸した。吐息には金臭い緊張が絡みついていた。何秒か躊躇したすえ、試しにツマミを捻《ひね》った。カチッと無機質な音がした。

あまりの肩透かしに嘆息が漏れる。二度、三度と続けざまに捻る。火は点かない。代わりに鼻腔をつくガスの悪臭――。

嗅いだ瞬間、脳が痺《しび》れるような感覚に襲われ、眩暈《めまい》がした。ツマミをもとに戻し、ガスが空気に拡散する間を置く。

もう大丈夫だと確信してから、勢いよくツマミを回した。今度はボッと音を立てて火が点いた。

幸子は小さく悲鳴を漏らし、一、二歩、後ずさりした。橙色の舌がコンロの上で踊っている。それは毒蛇さながらに獲物を求めて舌舐めずりしているように見えた。

まばたきもできず、目も離せない。揺らめく炎が網膜を焼きながら脳内に侵入してくる。

紅蓮の記憶が蘇り、呼吸音は怨霊から全力疾走で逃げた直後のように乱れていた。

「――大丈夫？」

背後からの声に驚き、幸子はぱっと振り返った。目が合ったとたん、彼のほうが驚《きょう》愕《がく》の形相を見せた。それほど自分が異様な顔つきをしていたのだと気づいた。

「あの、私、その……」

「どうしたの？」

「それは――」

説明できなかった。語る言葉を持たず、ただただ無言でかぶりを振り続けるしかなかった。

隆哉は困惑顔で立ち尽くしている。

幸子は視線を逸《そ》らした。

自分がいまだ幼少期の火事を引きずっている事実を思い知らされ、愕然《がくぜん》とした。

3

彼との一夜を台なしにしてしまい、数日間、自己嫌悪に打ちのめされた。罪悪感で自分から連絡できず、彼のほうからも連絡がなかった。

思い返せば、児童養護施設に引き取られてからは、先生たちが気遣って火を遠ざけてくれていた。自分自身、本能的に火を避けていた気がする。

仕事にも身が入らず、隆哉との関係に落ち込むうち、日にちが過ぎ去っていく。ため息をつきながらカレンダーに目をやったとき、今日が家族の命日だと気づいた。ずっと墓参りを避けてきたから、すっかり失念していた。児童養護施設にいたころ、一度だけ先生に連れられて墓参りに行ったことがある。家族の墓を前にしたとたん、自分でもわけが分からない感情が込み上げ、泣きわめいて暴れた記憶がおぼろげながら残っている。それ以降、連れて行かれることはなかった。

大人になってからも避けてきた。

今までは、記憶から消し去ることで過去から立ち直り、人生を取り戻せるのだと信じていた。だが、先日の醜態で自分は全く立ち直れていないと思い知らされた。過去から目を背けていても、前には進めないのではないか。

どうすればいいのだろう。

過去に対峙《たいじ》し、乗り越えるしかないのか。

そのために何をすればいいのか分からない。目を閉じると、今でも鮮明に炎が蘇ってくる。紅蓮の業火が家族を飲み込んでいく。黒煙の中、壁や柱が燃え崩れ、ぱちぱちと爆《は》ぜる。

家族を助けようとしても助けられなかった無力感と絶望感――。

喘ぎながら目を開け、再びカレンダーを睨む。計ったように――いや、まるで何かの呪いが手招きするように、19の数字が待ち構えている。

もし今日を逃せば、二度と墓参りの機会は訪れないのではないか。毎年、九月十九日が来るたび、見て見ぬふりをし、覚悟を決められないまま逃げ続けるのだろう。

家族の墓参りに行けば、何か吹っ切れるだろうか。墓を前にしたとき、自分がどうなるか想像もつかない。もしかしたら、悪夢に引きずり込まれ、我を失ってしまう可能性もある。

踏ん切りをつけるのにどのくらいの時間を要しただろう。

家族の墓はどこにあったか、すぐには思い出せない。自分の中から存在を消してしまうことで生きてきた。

幸子は押し入れを開けると、小箱を取り出した。数えるほどしかない年賀状を順番に確認し、児童養護施設の美奈代《みなよ》先生から届いたものを見つけ出した。思えば、美奈代先生は毎年忘れずに年賀状を送ってくれる。それなのに、自分は引っ越した年に返したくらいで、ほとんど無視する形になっていた。

児童養護施設時代は決して不幸ではなかったものの、自分にとっては一家心中事件の象徴でしかなく、卒業後は意識的に存在を忘れるようにしていた。たぶん、美奈代先生もこっちの気持ちを理解してくれていたのだろう、年賀状以外に連絡はなく、ほどよく距離を保っていた。

美奈代先生の年賀状には連絡先が記されている。

幸子は携帯電話を握り締め、数字を睨みながら深呼吸した。過去と対峙しなくては、きっと前には進めない。

覚悟を決め、美奈代先生の連絡先をプッシュした。一回一回のコール音が警告のように聞こえる。

「――はい、もしもし」

若干警戒が滲んだ美奈代先生の声が聞こえてきた。携帯の番号を教えたことがなかったから、誰からの電話か分からなかったのだろう。

「美奈代先生……」

声を発すると、それはか細く、短くなった蠟燭の火のように一吹きで掻き消えそうだった。

「……幸ちゃん？　久しぶり！」

一拍置き、あえてテンションを上げたのが伝わってきた。たぶん、ただならぬ予感を抱き──理由がなければわざわざ〝過去〟に連絡してこないだろうと分かっているのだ──、明るませようとしてくれたのだろう。

「お久しぶりです、先生」

距離を詰めようとした美奈代先生に対し、幸子はあえて他人行儀に挨拶した。

美奈代先生は一瞬、距離感の作り方に戸惑ったようだった。

「……どうしたの。元気？」

「はい、まあ」

嘘はつけなかった。返事は自分で予想した以上に力なく、沈黙が降りてきた。

「実は──」気詰まりな空気に耐えきれず、幸子はすぐ本題に入ることにした。「家族のお墓の場所を知りたくて」

電話の向こうではっと息を吞む音がした。

「ご家族の？」

何か心境の変化があったの？　と訊きたい空気が伝わってくる。だが、何か恐ろしい答えが返ってくるのではないかと危惧し、訊けずにいる——という感じだ。

「はい」

再び沈黙。

「吹っ切るために」

仕方がないので自分から口にした。説明になっていないのは重々分かっていたものの、これ以上語る術を持っていなかった。自分でも家族の墓に参ってどうしたいのか、明確な答えはない。

そんな内心を読み取ってくれたのか、美奈代先生は深くは追及せず、「そう……」と静かに答えただけだった。

「はい。でも、薄情かもしれませんが、私、家族のお墓の場所を覚えていなくて……それで先生に連絡しました」

「……ちょっと待ってね」

美奈代先生の声が途絶え、足音に変わる。一分一秒が永遠のように長く、どうせなら誰も家族の墓地の場所を知らなければいいのに、と思った。

「——ごめんなさいね。手間取っちゃって」

美奈代先生は墓地の場所を読み上げた。少し遠い場所だが、日帰りで行けないことはない。

「ありがとうございます」

「……無理はしないでね。先生でよかったらいつでも相談に乗るからね」

幸子は「はい」と答えて早々に電話を切った。長話をしたら、〝過去〟に引きずり込まれそうだった。〝過去〟と向き合う決意をしたにもかかわらず、本心では少しでも距離を取りたがっている。

デパートで買った喪服を着て、電車に乗った。座席に座り、振動に身を委ねているあいだ、拳は膝の上で握り締めっぱなしだった。手のひらが汗でぬめってくるたび、スカートで拭う。

目的の駅が近づいてくるにつれ、緊張が膨れ上がっていく。嘔吐感《おうとかん》が突き上げてくる。

目を閉じ、意識的に呼吸を深くした。それでも胃を掻き混ぜられる感覚はおさまらない。

アナウンスで我に返り、目を開けた。電車が速度を落とし、停車した。空気の抜けるような音と共にドアが開く。

すぐには立ち上がれなかった。だが、降り損ねたら決意は鈍り、もう二度と向き合えないだろう。

幸子は腰を上げ、電車を降りた。ロータリーでタクシーを拾い、寺の名前を告げる。

車内では漫然と外の景色を眺めながらすごした。現実的な都会の街並みが遠のいていき、緑が多い坂道を進んでいく。十五分ほど走ったとき、寺に到着した。晩夏の暑さはなりを潜め、若干肌寒いそよ風が吹いている。

ついに来た。

家族の眠る場所へ――。

幸子は石段を登り、案内板を確認した。どうやら柄杓《ひしゃく》やバケツは借りられるようだったが、借りないまま墓地へ向かった。自分自身、家族の墓の扱いに答えを出せずにいる。

一家心中で死を選んだ家族の墓に手を合わせられるだろうか。墓を掃除し、安らかな眠りを祈れるだろうか。

分からない。

だから、まずは墓と向き合ってみようと思ったのだ。

幸子は深呼吸で気持ちを落ち着け、墓地に入った。卒塔婆《そとば》と共に、無機質な墓石が建ち並んでいる。背後では樹木の枝々が風に揺れていた。

家族の墓はどこだろう。

夕闇が忍び寄る時間帯、幸子は墓石に刻まれた名前を確認しながら歩いた。元気な花が供えられている墓は一目で違うと分かる。

花が供えられていない墓石や、供えられていてもすっかり萎《しお》れている墓石も少なくない。単に命日がずいぶん前なだけかもしれないが、何となく哀切を感じた。

家族の墓は、墓地の端のほうにぽつんと建っていた。周辺には雑草が伸び放題で、墓石も汚れが目立つ。孤独死した老人の墓を思わせる。

自分は薄情な娘だろうか。

傍《はた》から見れば非常識に見えるだろうか。

片隅には、黄泉《よみ》へ誘《いざな》うかのように彼岸花が咲き誇っていた。雑草地で何本も寄り添って生えているため、まるで緑の草が血に染まっているようだった。

彼岸花――か。

そういえば、昔の一度きりの墓参りのときも、彼岸花が咲いていた。鮮血じみたその赤が鮮烈に印象に残っている。大好きな折り紙の赤を思わせる色合いが綺麗で、触ろうとし、美奈代先生に注意された。

――〝死人花《しびとばな》〟だから触っちゃ駄目！

ぴしゃりと言われ、半泣きになったのを覚えている。彼岸花には毒があるという。

彼岸花の花言葉は、〝諦め〟〝悲しい思い出〟だ。

家族の一家心中は、自分にとっては〝過去〟ではなく、今もなお囚われている地獄だった。

幸子は下唇を噛んだまま、彼岸花を見つめ続けた。

彼岸花には別名がいくつもある。曼珠沙華《まんじゅしゃげ》、毒花、地獄花、幽霊花、痺れ花、そして——。

捨て子花。

花が散った後に葉が出てくるため、『葉《おや》に捨てられた花《こ》』というのが由来だと聞いたことがある。

一家心中の大火事から自分一人が生き延びたのは偶然だ。だが、家族全員に捨てられたような苦しみを抱え続けている。自分も一緒に死ねていたら——と思い悩んだ日は数知れない。家族の死を現実として実感できるようになると、後追いを切望する毎日だった。小さい子供には自殺の方法など分からず、泣きわめいて美奈代先生を困らせた記憶がある。

幸子は墓石に目を戻した。

刻まれている『山上家之墓』という家名——。

子供のころのように取り乱しはしなかったものの、いざ家族の墓を前にしてみると、胸の空洞を冷風が吹き抜けるような、虚無にも似た感情が押し寄せてきた。

自分は一体何をしようとしているのか。

目を閉じると、蘇ってくるのは、最期の夜のことばかりだった。だが、幼いころの記憶だからか、それとも葬り去りたい悪夢だからか、覚えているのは漠然とした断片だけ——。

久しぶりの家族旅行だった遊園地を楽しみながらも、両親の言動にどこか違和感を覚えていたっけ、と思う。赤の他人が両親の皮膚を被っているような……。

生き延びた後、両親の言動を思い出しては後悔していた。なぜ事が起こる前に止められなかったのか。もし両親の真意に気づいていたら何かできたのではないか。一家心中が起きたのは自分のせいだ——。

自分の気持ちを言葉にできるようになると、感情を乱しながらそんな想いを美奈代先生にぶつけた。幸ちゃんのせいじゃない、と繰り返し繰り返し言われた。だが、何をどう言われても慰めにならなかった。

永遠に抜け出せないかと思っていた。忘れることは、自分の〝罪〟から目を背ける行為だと思っていたから。

だが、時と共に悪夢の記憶も風化し、普通に生きられるようになった。

立ち直ったつもりで、立ち直っていなかった。悪夢に蓋をして抑えつけていただけで、消し去ったわけではない。だから、引き金《トリガー》を引いてしまったとたん、一気に押し寄せてくる。

「お父さん、お母さん……」

声に出して呼びかけてみた。だが、それ以上は言葉が続かなかった。何を話しかければいいのか。どんな想いをぶつければいいのか。

自分は両親を恨んでいるのか。それとも——。

長い髪をさらう風が吹きつけたとき、香の匂いを孕《はら》んでいることに気づいた。

幸子は風の方向へ顔を向けた。

一人の女性が立っていた。枯れ木のような細身を喪服に包み、墓石の前で手を合わせている。一回りほど年上だろうか。その女性は今にも微風で掻き消されそうに、どこか儚《はかな》げに見えた。

砂利を踏む靴音も聞こえなかった。まるで現世に未練を残す幽霊が現れたかのように——。

幸子はなぜかその女性から目を離せなかった。

4

夕日を浴びた墓石と樹木の群れが影を細長く伸ばす中、幸子はただその女性を見つめ続けていた。風が雑草と深紅の彼岸花をそよがせ、落ち葉を舞い上げていく。どこか非現実的な光景だった。

覆いかぶさる夕闇で顔に陰影を作っているその女性は、あからさまな視線にも全く気づかず、自殺志願者のように思い詰めた表情で墓石と向き合っていた。

たぶん、先ほどの自分も傍から見れば、彼女と同じ表情をしていたのではないか。

何だか鏡に映った自分自身を客観的に眺めている気がした。

そう気づいたとき、自分がなぜその女性に見入ってしまったのか分かった。

彼女は普通に亡くなった家族の供養に来たように思えなかったのだ。赤の他人にもかかわらず、ふと声をかけてみたい衝動に駆られた。だが、辛うじて自制した。

幸子は両親の墓に向き直った。

一体なぜ心中を決意したのか。心中——という表現を使えば一見綺麗に見えるが、つまるところ、本質は〝家族殺し〟だ。なぜ家族を殺すという決断ができたのか。

両親がもし生きていたら問い詰めただろう。だが——。

家族が全員死んでしまった以上、もう答えてくれる人間はいない。

両親の愚行は罪深い。

妹や弟と一緒に死んでいれば——。

苦悩の沼に独り取り残され、溺れ、沈んでいく。もがいてももがいても抜け出せず、息苦しい汚泥の底で苦しみ続けるしかない。

夕日の赤が強まるにつれ、彼岸花は血の色を増していく。

駄目だ——。

幸子はかぶりを振った。家族の墓に足を運ぶべきではなかった。一家心中の現実が改めてのしかかり、余計に苦しんだだけだった。

帰ろう、と踵《きびす》を返したときだった。先ほどの女性が墓の前で倒れているのが目に入った。

幸子は一瞬、状況が理解できず、立ちすくんだ。だが、すぐに我に返り、女性のもとに駆けつけた。倒れ伏す彼女の脇で咲き誇る彼岸花は、不吉を告げるような不気味さがあった。

大丈夫ですか——と恐る恐る声をかけた。躊躇があったため、声は微風に吹き消されるほどか細かった。

「あ、あの——」

意を決し、強く呼びかけた。反応はない。まるで墓地に魂を抜き取られでもしたかのように。

幸子はしゃがみ込み、女性の肩に手を添えた。わずかに上下している。息はある。

「しっかりしてください！」

女性のまぶたが痙攣《けいれん》した。

救急車を呼ぶべきだと思い至り、携帯を取り出した。女性が目を開けたのは、『1』を二回押した直後だった。『9』に触れた指が硬直する。

女性はうめきながら砂利に手のひらをつき、上体を起こそうとした。幸子は携帯を放り出し、手を貸した。

苦悶《くもん》の表情の女性は、何とか座ると、状況を確認するように墓地を見回した後、「すみません……」と小声を絞り出した。気を落ち着けるように大きく息をつく。

「ご迷惑をおかけして……」

罪悪感に押し潰されそうな、心底申しわけなさそうな声だった。

逆に恐縮してしまい、幸子は焦って「大丈夫です！」と頓珍漢な返事をしてしまった。慌てて「お気になさらず」と付け加える。

「すみません、急にめまいがしてしまって……」

女性はひたすらうなだれている。

彼女の抱え込む苦しみは、自分と通じるものがある気がした。決して癒えない切り傷を体じゅうに刻まれたかのような……。

彼女も何かを抱えているのだろう。やっぱり大切な人間を普通ではない形で失ったのではないか。

幸子はさりげなく彼女が向き合っていた墓石に目をやった。

『畠山《はたやま》家之墓』

当然ながら、他の墓に比べても何の変哲もなく、彼女の苦悩の根源など何も分からなかった。

視線を戻すと、切羽詰まった女性の眼差しと対面した。

「……家族の墓なんです」

女性が絶望的な口調でつぶやいた。それは、耐えきれずに漏れたという感じだった。

事情を訊くのははばかられた。自分自身、追及されることを嫌ってきた。

だから、幸子は「そうですか……」と無難に応じた。

女性は聞こえていないかのように、ただ黙って『畠山家之墓』を睨み続けていた。

幸子は一人で立ち上がった。女性は身じろぎすらしない。彼女自身が墓石と化したかのように。

「じゃあ、私はこれで……」

やはり反応はなかった。だが、あえて繰り返さなかった。引き止められても迷惑だし、困る。

気がかりではあるものの、踵を返し、歩きはじめた。墓地の出入り口で振り返る。

女性はへたり込んだままだった。

彼女は本当に墓石を見ているのだろうか。今や姿が小さく、夕日の残照と共に消えてしまいそうだ。
視線を引き剝がし、墓地を出ようとした。だが、どうしても足は地面に根付いたま
ま、その一歩が踏み出せなかった。振り返ると、同じ光景がある。枝葉や雑草、彼岸
花が風に揺れているのに、彼女だけ全く動かない。そこには異質な空気が漂っていた。
何だろう。
自分でも理由は分からない。だが、なぜか女性を放置できなかった。
幸子は彼女のもとに舞い戻った。真後ろに立ち、その背中を見下ろす。彼女は振り
向きもしない。この世のあらゆるものに関心がないかのように無反応だ。
「あのう……」
声をかけると、彼女は初めて反応を見せた。錆《さ》びついた人形のような動きでゆっく
り振り返る。瞳の焦点は合っていない。墓石を見つめるのと同じ空虚な眼差しだ。
「大丈夫――ですか？」
他に口にできる言葉は何も思いつかなかった。考えてみれば、相手の事情など一切
知らないのだから当然だ。勝手に気になり、勝手に関わっている。
女性は数秒、沈黙した後、「はい……」とうなずいた。だが、表情を見るかぎり、
惰性的な返事であることは明白だった。
「その……具合が悪いのなら、少し向こうで座りませんか。墓地で座るのは縁起が悪

いって言いますから」

一瞬だけ、女性の口元に自嘲の笑みが刻まれた。ふっ、と鼻で笑うような息が漏れる。

「縁起なんて――気にしません」

「……すみません。私は、その、占いとか縁起とか、つい気にしてしまうほうなので」

「そういう意味ではないんです。あたしは別に自分に不幸が起きても構わないんです」

世の中の全てを諦めてしまっているような、そんな口調だった。諦念混じりの絶望のあまりの強さに何も言えず、幸子はただ立ち尽くすしかなかった。

沈黙が横たわる二人のあいだを微風が流れていく。返り血を浴びたような彼岸花の深紅の花弁が揺れる。

女性は重々しげに息を吐くと、静かに立ち上がった。背中を向け、『畠山家之墓』を凝視する。

「ご両親の――」幸子は思い切って訊いた。「お墓なんですか」

女性は答えなかった。華奢《きゃしゃ》な肩に力が入ったのが見て取れた。拳が打ち震えている。

「す、すみません。立ち入る気は――」

「子供たちが――」

「え？」

「子供たちが眠っているんです」

幸子は絶句した。家族の墓、というのが、まさか子供たちとは――。い、たち。

一人ではないのだ。二人以上の子供が亡くなっている。つまり、病死ではなく、事故か事件――。

訊くべきではなかったと後悔した。あまりにデリケートでプライベートな部分に土足で踏み込んでしまった。自分だって、赤の他人に墓参りの理由を尋ねられたら受け答えに窮し、不快になるだろう。誰にも触れられたくない。

十七年前の一家心中は、自分にとっては過去ではなく、いまだ現在進行形なのだから。

言葉を見つけられずにいると、女性がつぶやくように言った。

「命日はまだなんですけど、五年も待たせてしまったので、今日、思い切ってお参りに……」

「そう――でしたか」

「はい」

再び沈黙。周囲の自然のざわめきだけが耳障りなほど大きい。

「あたしが――」

女性は墓石を見つめたまま、言った。それは聞き漏らしそうなほど小さく、しかし、はっきりと耳に届いた。

「あたしが殺したんです」

聞き間違いかと思った。唐突な告白に訊き返すこともできず、幸子は彼女の横顔を眺め続けた。

女性の嚙み締めた唇の端が痙攣している。

「心中しようとして、車で海に飛び込んだんです。あたしだけが――生き残ってしまいました」

5

彼女の告白は、周りの雑音を全て掻き消してしまった。

呼吸が止まった。そのくせ動悸《どうき》が激しく、自分の心臓が駆ける音だけが体内で響き続けている。握り締めた拳の中には汗が滲み、べとついているのが分かる。

心中――。

まさか、という思いが込み上げる。

彼女は――一家心中の加害者なのか。

幸子は剝いた目で女性を見つめた。

ごめんなさい、と謝られると思った。見知らぬ相手にいきなり告白するような話ではない。だが、女性は何も言わなかった。まるで告解の相手を望んでいて、誰かに吐き出さずにはいられなかったかのように。

自分は他人に赦《ゆる》しを与える立場にはない。そもそも、赦すどころか――。

忍び寄る夕闇が墓地を黒く染めていくように、心の中がどす黒い感情に塗り込められていく。

彼女は墓地から蘇った母だった。

頭の中が掻き乱された。何かを言おうとしても言葉にならず、口からはかすれた息が漏れるだけだった。

――私は一家心中の生き残りです。

告白し返したら彼女はどういう反応を見せるだろう。〝一家心中の加害者〟だと口にしたことを後悔するだろうか。ショックを受ける顔を見てみたい、という意地の悪い感情が込み上げてきた。

だが、何とか自制した。彼女を思いやったわけではない。自分の過去を冷静に語る自信がなかったのだ。口を開いたとたん、きっと罵声じみた恨みつらみがほとばしり、歯止めが利かなくなる。自分の吐き出した言葉で煽られ、ますます感情的になる。

だから、血の味が滲むほど下唇を噛み締め、言葉を呑み込むしかなかった。

ただ時間だけが過ぎていく。

伸びていた影も夕闇に覆われ、いつの間にか消えていた。

一体どうすればいいのだろう。

幸子は彼女の横顔を眺め続けた。彼女の〝罪〟を知った以上、放置して帰ることもできなかった。

「……心中しようとしたんですか」

幸子は震えを帯びた声で話しかけた。

女性が驚いたように顔を向けた。見開かれた目に不安と困惑が踊っている。

「ええと……ど、どうして？」

どうして、の意味が一瞬分からなかった。少し考え、どうして知っているんですか、という問いだと思い至った。彼女は自分がつぶやくように漏らしたことに気づいていないのだ。おそらく、子供たちが眠る墓地でなかったら、決して口にはしなかっただろう。

「今――あなたが」

女性ははっとした。当惑を滲ませた後、墓石に視線を逃がした。

「すみません。個人的な話をしてしまって……」

本当なら『いえ』と答え、聞かなかったことにして話を終えるのが一番だと分かっている。彼女も赤の他人から興味本位で追及されることは望んでいないだろう。失言を忘れてもらいたがっているはずだ。

だが――。

そうはできなかった。

「あなたが――子供たちを殺したんですか」

棘《とげ》は隠そうと努めた。だが、無理だった。お子さん、という丁寧な表現を使えなかったのは、たぶん、彼女の子供に自分を重ねているからだ。

赤の他人でも、やはり彼女は自分にとって〝母〟なのだ。

女性は顔面を蒼白《そうはく》にしていた。唇がわずかに震えている。当然だろう、見ず知らずの人間にずけずけと踏み込まれたのだから。だが、引き下がることはもうできなかった。

「殺したんですか」

涙の薄膜で覆われた女性の瞳が泳ぐ。

「それは――」

言いよどむことで、察してほしがっているのは明らかだった。

逃げ去ってくれればいいのに――と思う。そうすれば、彼女との出会いは、家族の墓が見せた一時《いっとき》の幻として忘れられるかもしれない。すぐには無理でも、きっと時間と共に記憶はおぼろげになっていく。

女性はその場にとどまっていた。顔を向け合っていても、視線は絡まない。

自分が『すみません』と非礼を認めたら終わる話だと承知していながら、どうしてもそうはできなかった。〝被害者〟である自分が謝る必要はない、という思いが心のどこかにあった。

夕闇の中でも、彼岸花の深紅だけはあの夜の炎と同じく、毒々しさを放っていた。

「そんなつもりは――」女性は『畠山家之墓』に向き直った。「そんなつもりはなかったんです」

幸子はぐっと歯を嚙み締めた。

女性の言葉は言いわけがましく、自己正当化に聞こえた。親に命を奪われた子供の気持ちを想像できないのではないか。

「ええと……畠山――さん？」

「……畠山は元夫の姓です。子供たちはあたしの両親のお墓には入れさせてもらえませんでした。あたしは雪絵《ゆきえ》と言います」

濡れた瞳が墓石を睨みつけている。

幸子は彼女の苦悩を目の当たりにし、少し冷静さを取り戻した。深呼吸して気持ちを落ち着ける。

「雪絵さんは、どうして心中を――」

雪絵は眉間に皺《しわ》を刻んだ。

なぜそんなプライベートな事情を赤の他人のあなたに話さなきゃいけないんですか、と反発される覚悟もしていた。だが、雪絵は言葉を探すように顔を歪めていた。

「シングルマザーで、子供三人を抱えて、どうしようもなくて……」

血を吐くような口調だった。

墓地という、ある意味、非日常な、死を抱え込んだ場所だからこそ――彼女にとっては自分の子供たちが眠る場所だからこそ、吐露する心境になったのだろう。

「どうして……どうして五年も放っておいたんですか」

「……外に出られたのが半月前だったので」

外――？

思わず聞き返しそうになり、言葉を呑み込んだ。口にする前にその意味に思い至った。

彼女は刑務所に入っていたのか。

そう、心中だからといって、我が子を手にかけた〝罪〟は決して免れないのだ。

雪絵は再びうなだれた。

「どうして見ず知らずのあなたにこんな話までしてしまったのか……すみません、何だか話しやすくて……」

話しやすい——というのは、彼女の心情を正確には表していないだろう。たぶん彼女自身、他に言いようがなく、最も当たり障りがない言い回しを使うしかなかったのだと思う。

——心の内を晒したのは、あなたにとって私は言葉を返してくれるあなたの亡き子供だからじゃないの？

彼女は本能的にそれを感じ取っているのではないか。

幸子は代わりに嘘をついた。

「私、そういう被害者の相談に乗る仕事の手伝いをしているものですから」

雪絵は〝被害者〟の部分に反応し、薄くほほ笑んだ。

〝加害者〟ではなく〝被害者〟として扱われたことに安堵《あんど》を見出したのだろう。彼女が被害者扱いを望んでいることが透けて見えたので、期待される言葉を送ったに過ぎない。

幸子は心を殺したまま、ほほ笑み返した。

「また話を聞かせていただけませんか。相談に乗ります」

6

家族の命日から約二週間。せっかく久しぶりにくれた隆哉からの誘いも断り、幸子は雪絵のアパートを訪ねていた。

今日で四度目だ。事件被害者に理解が深い人間だと信じられているから、頻繁に連絡があった。最初は電話で二、三十分、話すだけだった。だが、顔を見ずに話せることなどたかが知れている。幸子から切り出し、雪絵のアパートで会うようになった。

出会った場所が場所だけに——日が日だけに、何だかあの世の家族によって引き合わされたような気がしている。

いざ墓地を離れた場所で話してみると、彼女は罪を忘れたように普通の生活を送っていた。一家心中の〝被害者〟の自分は、こんなにも毎日心が掻き乱されているのに、〝加害者〟の彼女はなぜ苦しまないのか。理不尽な苛立ちが込み上げてくる。

「本当にありがとね、幸子さん」雪絵は笑みを見せた。「その……あたしなんかにも普通に接してくれて……」

何も言わずにいると、雪絵が続けた。

「あたしが進んで話したのは、あなたが初めてだけど、何らかの形で事情を知った人たちはみんなすぐ離れて行ったから。軽蔑したり、怯えたり……。あたしと関わりたがらなかった」

感謝すらしているような口ぶりだった。

思わず笑みがこぼれる。雪絵はその表情を肯定的に捉えたらしく、「それが嬉しかったの」と笑い返してきた。

幸子は返事に窮した。

自分が内心で抱えている怒りの炎がもし見えたら、彼女はどのような反応をするだろう。

幸子はどす黒い感情を隠すのに苦労した。

だが、一家心中事件の生き残り、という〝正体〟を告白すれば、彼女から完全に拒絶されるだろう。だから〝正体〟はまだ明かせない。ある種、異様な状況下で巡り合ったこの奇縁を自ら断ち切るわけにはいかない。

なぜ、と自分でも思う。

関われば傷だらけになるのは自明なのに、なぜ自傷行為じみた関係を続けようとするのか。

「雪絵さんは、もう、子供たちのお墓参りには行かないんですか」

幸子は咎める声色を懸命に隠した。だが、雪絵は若干、顔に緊張を滲ませていた。

「……お墓参りなんて、そんな何度も行くものじゃないじゃない」

雪絵の答えに冷淡な響きを感じ取る。

――子供たちを殺したのに？

反射的に問いそうになり、言葉を必死で呑んだ。もし口にしてしまったら関係は終わってしまう、と直感的に感じていた。

「お子さんたちも待っているんじゃないですか」

代わりに幸子はそう言った。当たり障りがなく、それでいて少し踏み込んだつもりだった。

雪絵は座卓に来客用の茶飲みを出し、急須からお茶を注いだ。視線を落としたまま答える。

「死んだ人間は何も感じたりしないもの」

幸子は眉を歪めた。露骨な反応を見せてしまったと焦ったものの、雪絵はこちらの顔を見ておらず、見咎められることはなかった。気取られないように深呼吸し、気持ちを抑え込む。

雪絵は顔を上げた。

「子供たちが死ぬときに少しでも苦しまなかったことを願うだけ」

苦しみ――。

あの夜、もし睡眠薬を口にしていたら、生き地獄のようなこの苦しみとは無縁だっただろう。だが、不幸にも自分は生き延びてしまった。両親の態度に不自然さを嗅ぎ取り、薬を服用したふりをしてしまった。

「最後の夜はどんなふうにすごしたんですか」

幸子が訊くと、雪絵は小首を傾げた。

「最後って、あたしが海へ飛び込んだ日のこと？」

「その日でも、その前日でも」

――子供たちを殺す決心をした後の話よ。

雪絵は顔を顰めた。

「……普通だった」

両親は〝最後の晩餐〟を行った。子供たちを遊園地に連れて行き、レストランで美味しいものを食べさせた。無邪気に喜んでいた妹の顔が今でも忘れられない。最後の思い出もないまま唐突に命を奪われた雪絵の子供たちと、心中の前に偽りの幸せを与えられた自分たちと、果たしてどちらが不幸だったのだろう。

「何かしてあげようとは思わなかったんですか」

雪絵はまた目を落とし、つぶやくように言った。

「……してあげた、心中を」

「え？」

「心中が子供たちにあげられる、あたしの最後の──愛だったの」

心中が愛──。

身勝手な親の言い分に、胸の奥で怒りの炎が燃えた。

自分たちを守ってくれるはずの親に裏切られた子供の気持ちは、彼女には分からないのだろう。死の間際まで──あるいは、最後の最後まで、親の愛情を信じたままだった子供の気持ちは。

雪絵はしばらくのあいだ無言で畳を睨みつけ、静かに口を開いた。

「あなた、子供は？」

「……いません。独身です」

「そう……」

雪絵は素っ気なく応じた。どこか残念そうでもあり、どこか安堵しているようでもあった。

「子供がいなかったら理解できないと思いますか？」

雪絵は儚い微笑を浮かべた。

「理解はできても、共感はできないと思う。頭と心は違うもの」

彼女は黙り込んでしまった。

幸子は雪絵の顔から視線を逸らさなかった。

「私は――あなたを理解したい」

――それは母を理解することでもあるから。

心の中で付け加える。

そんな真意は知りもしない雪絵は、胸を打たれたように目を見開いた。

「ありがとう。そんなふうに言われたのは初めて。今まで、誰からも責められてきたから」

台詞とは裏腹に、表情も口調もありがたがっているようではなかった。

「苦しみは決して他人には見えないものですから」

――あなたにも私の苦しみが見えないでしょう?

「一体何があったんですか」

改めて問うと、雪絵は思い悩むように眉を顰めた。

「何が……?」

「はい」

「何があったか、って訊かれたら、答えに困っちゃう」

「でも、何かがあったから心中を決意したんですよね」

そう、決定的な何かがなければ、自分の死に子供の命を巻き込もうとはしないだろう。何かがあったはずなのだ。間違いなく。自分はそれが知りたかった。どうしても。

「違う」

雪絵はぽつりと答えた。

「え？」

「刑事さんも裁判官も、誰も彼も、理由を知りたがった。でも、あたし自身、答えを持ち合わせていなかったの」

「……そんなこと、あります？」

「何て言えばいいのか……あたしも説明が難しいんだけど、これが原因だった、って言えることがないの。あたしは他の母親と同じで、ただただ毎日必死で子育てをしてきたのに、気づいたら、息ができなくなっていて……」

分からない。共感どころか、理解すらできなかった。普通、大抵の〝殺人犯〟には動機があるものではないか。金銭が欲しかったとか、いじめられた復讐《ふくしゅう》とか、馬鹿にされて激高したとか、フラれた逆恨みとか――。

表情を読まれたのか、雪絵は「ごめんなさい」とうなだれた。

幸子は何も言わなかった。

雪絵も何も言わなかった。

沈黙が続き、やがて雪絵が言った。

「あたしの話、してもいい？」

幸子は無言でうなずいた。

雪絵は静かに語りはじめた。


まどろむ意識の中に赤ん坊の金切り声が割り込んでくる。頭蓋骨の中でわんわん響いている。夢を見る暇もなく、意識が強制的に覚醒する。

畠山雪絵は頭まで布団を引っ被り、両耳を塞いだ。一切の音を閉め出したつもりでも、体内で早鐘を打つ心音と断続的な喘ぎだけは聞こえ続けていた。激しい動悸がする。三日で二時間も寝ていないのだから当然だ。

一時間でいいから――いや、正直に言えば、丸一日寝かせてほしい。

心音と呼吸音だけの世界に閉じこもっていると、否応なく不安感が増した。

赤ん坊に何かあったのではないか。

いや、どうせいつもと同じで泣き続けているに決まっている。放置したらきっと泣きやむはず……。

自分に言い聞かせながら、眠ろうとした。だが、駄目だった。耳を塞いでいても、赤ん坊の泣き声は聞こえ続ける。幻聴だ。分かっている。四六時中、聞き続けている金切り声が耳に残っているのだ。

もう何もかも投げ捨ててしまいたい。

雪絵はベッドから降りると、薄闇に目を凝らした。ベッドサイドテーブルの小型ランプを点ける。

仄明かりの中、振り向くと、背を見せたまま寝入っている夫の姿がある。耳栓をして熟睡している。

雪絵は腰を上げ、天然木のベビーベッドに近づいた。小さな赤ん坊は全身全霊で泣き続けている。自分の眉間に力が入ったのが分かる。

深呼吸した。気持ちを落ち着けなければいけない。神経がささくれ立ったままあやそうとしたら、発作的に何をしてしまうか。

大丈夫、大丈夫、あたしは大丈夫——。

小声で念仏のように唱えるうち、だんだん呪詛《じゅそ》のように思えてきた。かぶりを振り、細長く息を吐く。そして——赤ん坊を抱き上げた。鼓膜を掻き毟《むし》るような金切り声が大きくなる。赤ん坊と顔の距離が近づいたのだから当然だと分かっていながらも、抱かれたことが不満で泣き叫んでいるように感じてしまう。

一体何が不満なの！

言葉も理解できない赤ん坊に怒鳴りそうになる。

歯を食いしばり、怒声を呑み込む。声を荒らげても解決しない。赤ん坊は余計に泣きわめくだけだ。睡眠時間が欲しいなら――一分一秒でも欲しいなら、忍耐の二文字だ。

雪絵は優しい声音を意識しながら「おー、よしよし」と話しかけ、ゆりかごに徹した。短時間の睡眠で無理やり覚醒させられたせいで、神経は張り詰め、心臓が痛む。体は睡眠を求めているのに、意識はそれを許さない。

赤ん坊の泣き声はやまない。いつまでも、いつまでも――。

両耳を塞ぎたくても、両腕が塞がっている。夫のように耳栓を常備していれば、と思う。だが、赤ん坊の声が一切聞こえない中で寝かしつけるのは難しいだろう。

早く眠ってよ、と内心で懇願する。それでも眠らない。泣き声は朝まで続きそうな勢いだった。

眠れ、眠れ、眠れ、さっさと眠れ！

切羽詰まった感情のまま、声なき声で命令しても当然効果はなく、赤ん坊は泣き続けていた。

一体何が不満なのか分からない。おむつも濡れていないし、ミルクも一時間前に与えたばかりだ。

ただ、母親を困らせるためだけに泣いているのではないか。

あやしていると、両腕が痺れはじめ、やがて感覚がなくなった。麻酔を打たれたも同然の状態で、まるで赤ん坊の存在が腕の中から消えてしまったようだ。だが、現実には相変わらず存在しているし、泣き疲れてもいない。

取り落とさないか不安になる。

これで赤ん坊を落として死なせたらどうなるだろう。罪に問われるだろうか？

両腕が痺れていたせいなんです！

裁判官は理解してくれるだろうか。もしかしたら、既婚の女性裁判官なら同情してくれるかもしれない。

ほんの少し、腕から力を抜けば――。

誘惑に駆られそうになったとき、ふと違和感に気づいた。目を瞠《みは》ったまま赤ん坊を眺める。いつの間にか寝息を立てていた。

眠っている――。

安堵のあまり、膝から力が抜けそうになった。だが、意思の力を総動員して踏ん張った。

両腕に掻き抱いた〝不発弾〟を眺める。動くのが怖かった。一歩を踏み出そうとしたとたん、爆発するのではないかという恐怖。

赤ん坊をベビーベッドに戻したいのに、身動きが取れない。もし一歩が刺激になって、起きてしまったら──。

緊張と共に唾を飲んだときの喉が鳴る音にすら、びくついてしまう。

絨毯の上をすり足で進み──ほんの数十センチだ──、ゆっくりゆっくり上半身を傾けていく。

赤ん坊はまだ眠ってくれている。

呼吸すら怖く、息を止めたままそっとベビーベッドに横たえた。手のひらは赤ん坊の体の下に敷かれたままだ。数センチ、引き抜く。目を覚まさない。

お願い、お願い、お願い──。

少しずつ、少しずつ、少しずつ。

手のひらが自由になった。上半身を起こし、詰めていた息を吐く。両腕をぶらぶらさせ、血を巡らせる。

ようやく解放された。

初雪のように純真無垢《むく》な寝顔を眺める。目を覚ませば、融けた初雪の下から汚れた土が顔を覗かせるのと同じく、天使も悪魔に変わる。

雪絵はつかの間ためらったすえ、手を伸ばし、刺激しないようにそっと赤ん坊の服の袖をまくり上げた。搗《つ》きたての餅を連想させる肌に何ヵ所も青アザが刻まれている。

手を上げてしまってから我に返り、泣いて謝りながら抱き締めることを何度繰り返しただろう。駄目だと分かっているのに、なぜ手を出してしまうのか。

外に連れ出してもし誰かに見られてしまったら、児童虐待として通報される。そうしたら我が子と引き離される。

でもそのほうがいいのかも、と思うことがある。我が子のためだけでなく、自分のために。子育てから解放されるために——。

赤ん坊の服の袖を下ろし、青アザを隠した。

いや、と思う。やっぱり我が子を失いたくはない。アザが治るまでは周りに隠し通さねば。

夫にはもう抱かせられない。もっとも、無理やり〝父親の役目〟を押しつけないかぎり、夫が進んで抱き上げることは滅多にないだろうが。

雪絵はベビーベッドに背を向けた。少しでも寝ておかなければ、明日がつらくなる。

ベッドに上がると、ベッドサイドテーブルのランプを消した。そして布団を引き上げようとした瞬間——。

脳みそを引っ掻くような金切り声が耳に蘇る。幻聴かと思った。だが違った。赤ん坊がまた泣いていた。

雪絵は自分の顔が引き攣るのを感じた。皮膚がなめし皮になったように張り詰めている。

なぜ寝かせてくれないの！

叫び散らしたかった。膝頭を握り締めた手が震える。

赤ん坊は母親が一番困るタイミングを察知して、その忍耐を試しているのではないか。

暗闇の中、両耳を押さえて目を閉じる。存在さえシャットアウトしていたら、何もかもなかったことになる。そう信じたかった。

心音だけを感じる世界に籠っていると、気分が少し落ち着いた。心臓が何拍したか。恐る恐る手を離したとたん、泣き声が鼓膜を叩く。

我慢にも限界がある。

雪絵は立ち上がり、ベビーベッドに歩み寄った。薄闇の中で見下ろしていると、木製の囲いの中の赤ん坊は、棺桶《かんおけ》に押し込められているように見えた。

いつまでこの毎日が続くのか。

夫はいても、女手一つで子育てしているようなものだった。

家のことは育児も何もかも妻に丸投げの夫は、同僚を自宅に招くときだけ家庭的な夫になる。だが、〝イクメン〟を演じる夫のお膳立てを妻がしていることは誰も知らない。

結局、そんな夫婦関係は長続きしなかった。決定打になったのは、夫と口論になったある日のことだ。泣きわめく赤ん坊の金切り声に耐えられず、首を絞めてでも黙らせたくなる、という偽らざる本心を口にした。

すると、夫は――。

――自分の子に愛情はないのか。人間性を疑うよ。

軽蔑しきった顔で吐き捨てるように言った。

その瞬間、我慢に我慢を重ねていたものがぷつんと切れ、積もり積もった感情を吐き出すようにわめき立てた。自分でも自分の暴力的な感情に恐れおののき、その憎悪に似た衝動を振り払おうとしても振り払えないことに苦しんでいたから、夫の言葉は短剣となって胸を刺し貫いた。

あまりの剣幕に面食らった夫は、さすがになだめ役に回った。

初めての我が子は何もかもが未知で、ただただ翻弄された。だが、子が成長するに従い――『いやいや期』を乗り越えたあたりから――可愛《かわい》さを感じられるようになった。

結局、夫の求めに応じるがまま、三人の子を産んだ。結婚前からの夫の希望が子供三人だったからだ。

複数の子供を育てている年配の女性たちは、「三人目にもなったらもう慣れてしまうし、放っておいたらいつの間にか成長していたわよ」と肝っ玉母ちゃんよろしくあっけらかんと語ったが、自分には当てはまらなかった。

長男の『いやいや期』に出産が重なり、精神的に疲弊していった。上の二人の子のときよりつわりがひどく、腐った肉を詰め込まれた胃を掻き回されているような嘔吐感に苦しめられ、部屋と洗面所を何度も往復する毎日だった。栄養を摂《と》らなければ、と思うものの、食材を見たら吐き気が込み上げてくる。強力な薬に頼れたらどれほどいいか。だが、どんなに不調でも洗濯し、買い物に行き、食事を作り、長女と長男の世話をしなければいけない。

長男はどんなときもおとなしくしてくれない。買い物帰り、長男がちょっとしたことで泣きわめき――普段は通らない向こうの道へ行きたい、という唐突な我がままを叱責しただけだ――、地面に仰向《あおむ》けになって手足をバタつかせる。引き起こそうとしても全身全霊で抵抗する。腕が抜けそうなほど抵抗する。一刻も早く帰宅して一休みしたいのにそれも許してくれない。

望んで妊娠したんでしょ、と言われるだけだから誰にも相談できず、全ての苦労と苦しみを一人で抱えていた。

そんなとき、長女が赤ん坊だったころの夫の言葉が耳に蘇ってきた。

――自分の子に愛情はないのか。人間性を疑うよ。

それは何年経っても常に心の奥底にこびりつき、ふとしたときに現れる忌まわしい呪いも同然だった。

ストレスがピークに達するたび、過去の一言を蒸し返して口論する日々――。

もう関係の維持は不可能だった。

死に物狂いで親権こそ勝ち取ったが、一戸建てのマイホームは追い出された。元々、夫の両親の持ち家――実家は別にあった――を使わせてもらっている立場だったから、
畠山家と関係が切れてしまえば、住むことができない。

毎月払われる養育費では足りず、わずかな貯金を食い潰していく。

その養育費も一年半で支払いが滞った。

電話で何度催促したか分からない。だが、何だかんだと言いわけされ、養育費が振
り込まれることはなかった。「あなたの子でもあるでしょ！」と怒鳴れば、「お前が持
っていったんだろ！」と怒鳴り返される。

精神的にどんどん追い詰められていく――。

雪絵は淡々と語り、一息ついた。

育児の大変さを訴えられても、彼女がしでかした〝結果〟を知っていると、自己正
当化のための言いわけに聞こえる。離婚して経済的に苦しくなったことも一因かもし

れないが、世の中のシングルマザーの多くが立派に子育てしている現実を考えれば、やはり同情はできない。

彼女を許してしまったら、実の母親に殺された子供たちの無念は一体誰が理解してやればいいのか。

「それで生活が苦しくなって、心中するしかない、って……？」

雪絵は小さくかぶりを振った。

「あたしも心中なんて、したくなかったの。あの夜――」雪絵は追想する眼差しを宙に据えた。「あたしはパートの仲間から、温泉の宿泊券を貰《もら》って――レンタカーで山道を上ったの」

「やっぱり最後の晩餐を――」

「いいえ」

「違うんですか？」

「違うの。そうじゃないの。あたしは心中しようなんて、そのときは考えてもいなかった。信じてもらえないかもしれないけど、本当。あたしはただ、子供たちに楽しんでほしかっただけなの。宿泊券を貰わなかったら、一泊の旅行なんて、絶対に行けなかったから」

雪絵の表情には悔恨が滲んでいた。だが、それは自分自身の現状を憐《あわ》れんでいるだけかもしれず、どうしても同情できなかった。

「温泉旅行は、久しぶりに笑顔ですごせたの。あたしたちは温泉旅行を楽しんで、翌日の夕方、温泉街を出たの。あの二日間は、本当に、無邪気に笑っていられて、幸せで……」

雪絵は陶然としたほほ笑みを浮かべていた。

思い出を振り返っているのだと分かっていながらも、なぜ子供を殺しておいてこんな表情ができるのか、理解できなかった。

「あたしたちは山道を車で走って……そのときは、その日の楽しい思い出を胸にまた明日からしばらくは頑張れる、って、前向きな希望を胸に抱いていて……でも……」

雪絵の顔が苦痛に歪んだ。

「でも――？」

「……沈んでいく夕日を眺めているうちに、何だか全てが失われていくように感じて、このまま頑張ったとして、その後、何があるの？　って。疑問を抱いてしまったの。しばらく頑張ったって、状況は改善しないし、同じ苦しい日々が延々と続くだけだし、子供が大人になるまでの辛抱って言っても、学費が必要になったらますます生活が苦しくなるのは分かり切っているし……三人の子供が巣立つまでこんな限界の毎日が続くって思ったら、もう絶望しかない気がして……気づいたらアクセルを踏み込んでいたの」

雪絵は奈落から這い上がってくるような声で語った。

幸子は握り固めていた拳を開き、汗ばむ手のひらをスカートで拭った。夕闇が広がる道路で車がガードレールを突き破り、崖から海へ突っ込んでいく光景が見えるようだった。

彼女の話が本当なら、心中は衝動的な行動だったことになる。ますます理解できない。さっきは心中してあげたと言っていたではないか。どっちが本心なのか。

「分かってくれた？」

雪絵は不安に塗り潰されそうな顔で訊いてきた。答えないと、沈黙が永遠に続きそうだった。

幸子は深呼吸した。

「語れるん――ですね」

「え？」

「子供を死なせてしまったこと、そんなふうに」

「そんなふうに、って、どんなふうに？」

平然と、淡々と――。

「別に」

「……何か言いたいことがあるの？」

「いえ。ただ、普通なら苦しくて語れないんじゃないかって」

子供を殺して数年で早くも自らの〝罪〟を受け入れている気がして、許せなかった。

雪絵はふっと顔から緊張を抜いた。

「取り調べでも裁判でも話したことだから」

だったら何？　と言いたくなる。

警察官や裁判官はカウンセラー？　親の身勝手な都合や感情で子供を殺しておきながら、思いの丈をぶちまけたら楽になるっていうの？

「罪は――償ったと思いますか」

雪絵は唇を噛んだ。

幸子は彼女の答えを待った。だが、いつまで待っても言葉は返ってこなかった。

「服役したことで、赦されたと思いますか」

幸子は問い直した。

彼女も非難のニュアンスは感じ取っているだろう。

もう帰って！――そう怒鳴られ、追い出されることも覚悟した。早まったかもしれない。

雪絵は自身の拳を睨みつけたまま、口を開いた。

「懲役の判決が出て、ちゃんと勤めたことで、司法が赦しを与えてくれたんだから、あたしはそれを受け入れるしかない」

嫌悪感と怒りが顔に表れなかったか、自信がない。

「私だったら、法で赦されても、自分で自分が赦せない。きっと。自分を責め続ける」

雪絵は顔を上げ、縋《すが》るような目を見せた。

「口で言うのは簡単だけど、あなたならどうするの？　自分が赦せなかったとして、どう償うの？」

幸子は雪絵の目を真っすぐ見返した。

「私なら──命で償う」

雪絵は心臓に杭《くい》を打ち込まれたような顔をした。絶句したまま、言葉を探すように目をさ迷わせる。

「命──？」

「だって、そうでしょ。元々、一緒に死ぬつもりだったのに、の、の、のうのうと生き延びてしまって……。そんな状況だったら、私なら子供の後を追います」

雪絵は傷ついた顔で言った。

「ずいぶんひどい言い草ね」

――当然でしょ。赤の他人でもあなたは私の〝母親〟なんだから。

親に殺された子供は――殺されそうになった子供は、どんなふうに生きていけばいいのか。殺した側の罪の償い方より、分からない。だからこそ、苦しみ続けている。

「自分が生き残ってしまったら、それはもう〝心中〟じゃなく、ただの〝殺人〟じゃないですか」

本音を言えば、一家全員が死んだとしても、殺人には違いない。巷《ちまた》で増えている児童の虐待死と何が違うのか。〝心中〟の名のもとに自分も死んでしまえば、不幸な出来事として世間から同情されるのか。赦されるのか。

間違っている。

幸子は皮膚に爪が突き刺さるほど強く拳を握り締めた。

あの夜、両親がちゃんと殺してくれていたら、こんなに苦しみ悩まずにすんだのに――。

両親を憎みつつも、独りだけ生き延びてしまった自分に罪悪感があった。それは泥で汚れた布のように、全身に貼りついたまま剝がせない。

「そう――かもね」雪絵は絞り出すように言った。「殺人……」

幸子はあふれる感情を抑えられなかった。

「あなたの罪は、生き延びてしまったことです。だから、生きている以上、その罪が赦されることはないと思います」

7

血の色の夕日が沈み、闇に飲み込まれるころ、幸子は仕事を終えて会社から帰宅した。

痛罵のような非難の言葉を吐きつけてしまった日から、雪絵には丸五日間、会っていない。

今思えば、あまりに残酷だった。絶句した彼女の蒼白な顔が忘れられない。

しかし、謝罪できるほどの精神的余裕はなく、沈黙のすえ、「帰ります」と口にするのが精一杯だった。黙ってうなずく雪絵をしり目に、一人でアパートを出たときの寂寥感《せきりょうかん》を覚えている。

幸子は後悔を噛み締めながら歩いた。自分のマンションの前に着いたとき、見慣れた車が停《と》まっているのを目に留めた。ドアが開き、隆哉が降り立つ。

彼は歩み寄ってくると、ぎこちない笑みを浮かべた。

「お帰り」

「ええと……」幸子は困惑しながら訊いた。「今日、約束していましたっけ?」

他意がない確認のつもりで訊いてから、あまりに素っ気なく聞こえることに気づいた。雪絵と出会ってからはろくに連絡もせず、メールの返信も遅れがちだった。

「ごめん、急に来ちゃって」

彼の立場なら怒ってもいいはずなのに、むしろ申しわけなさそうにされ、逆に責められているように感じた。

「いえ……」

「最近話せてなかったし、来ちゃった。なんかさ、連絡したら断られそうでさ」

「そんなことは――」

明確に否定できない自分がいた。雪絵と出会ってからは、時計の針を逆回しされたように時間が遡り、昔に置いてきたはずの苦しみにまた囚《とら》われている。

「大丈夫？」隆哉は心配そうな顔をしていた。「何か悩んでるんじゃない？」

自分にはもったいない相手だ。もし一家心中の過去を告白したら、彼はどんな反応をするだろう。苦しみを吐き出したら、その全てを受け入れてくれるだろうか。

いや、ドン引きして去っていくかもしれない。表向きは別の理由を口にして。

もしそうだとしたら――むしろ、進んで告白すべきではないか。隠し事をしたまま付き合っても、うまくいかないだろう。

「あの――」

幸子は口を開いた。だが、続く言葉は喉で堰《せ》き止められていて、出てこなかった。

隆哉は続きを促すように、優しく「ん？」と小首を傾げた。

「いえ、何でもありません。ごめんなさい。最近は仕事が忙しくて、時間が取れなくて……」

誤魔化したことはバレバレだっただろう。隆哉は傷ついたように顔を顰めた。

「……上がってもいいかな？」

言いたいことはたくさんあるだろうに、彼は呑み込んでくれた。

幸子はマンションを振り仰ぎ、また隆哉に向き直った。即答はできなかった。

正直言えば、疲れている。さっさと化粧を落とし、風呂にも入らず横になりたい。

隆哉なら今の躊躇で空気を読み、引き下がってくれるのではないか。そんな都合のいい期待をしたものの、彼は何も言わなかった。黙って返事を待っている。

ここで断ったら彼との関係は終わってしまう気がした。だから「どうぞ」と答えた。

不本意ながら応じた、と悟られていなければいいが……。

幸子は背を向け、歩きはじめた。マンションに入ると、郵便受けをチェックし、エレベーターのボタンを押した。到着を待つあいだ、隆哉の緊張した気配を背中に感じる。

まさか、前回の彼の部屋での続きをしようと思っているのだろうか。

交際相手を自室に招き入れることがどういうことなのか、今さらながら思い至った。今はとてもそんな気分にはならない。しかし、いったん応じてしまった以上、いきなり追い返したら次はないだろう。

エレベーターが着き、扉が開く。乗り込むと、五階を押した。扉が閉まったとたん、二人きりだと強く意識させられた。二の腕同士が触れ合いそうなほど距離が近く、彼のアフターシェイブローションの仄かな香りが匂ってくる。

五階に到着するまでの数秒が永遠のように長かった。沈黙が重く、気まずい空気が漂う。

唐突に、チン、と軽い音が鳴り、扉が開いた。ようやく呼吸ができるような心地だった。

「こ、こっちです」

幸子は率先して歩き、五〇三号室の前で立ち止まった。バッグを漁《あさ》り、鍵を取り出そうとした。携帯電話がメロディを奏でた。心臓が飛び上がる。

「す、すみません」

幸子は謝ってから携帯電話を手に取り、開いた。メールだ。雪絵の名前が表示されている。

一体何だろう。

メールを開いた。

『さようなら』

たった一言、別れの挨拶が書かれているだけだった。

なぜ『さようなら』なのか。

まさか——という思いと共に、ぞくっと背筋に悪寒が這い上ってくる。

「大丈夫？」

気遣わしげな声で我に返り、振り向いた。隆哉が当惑を滲ませた顔で突っ立っている。

「あの……」

「何か問題？」

「それが——」

何かを言わなければと思うたび、頭の中が真っ白になる。事情を説明するには、長くなりすぎるし、何より自分の過去に触れなくてはならない。

「すみません！」幸子は頭を下げた。「私、行かなきゃ——」

踵を返し、隆哉が「お、おい！」と戸惑った声で呼び止めるのも無視して駆けていく。エレベーターホールでボタンを押す。ヤキモキしながら待つ。

隆哉が追いかけてきた。

「何だよ、急に。理由を説明してくれよ」

声に苛立ちが混じっている。だが、幸子は下がってくるパネルの数字を睨みつけたまま、何も答えなかった。答える術は持ち合わせていなかった。

エレベーターが到着するなり、幸子は乗り込んだ。一階を押す。

当然、彼も乗り込んでくるものだと思っていた。だが、隆哉はエレベーターホールに立ち尽くしたまま、動かなかった。本当に行く気なのか、まだ疑っている表情だった。数秒視線が絡まり合う中、静かに扉が閉じる。

最後の一瞬、目にしたのは、大切な何かを失うような、寂しげな彼の顔だった。

自分は彼より一家心中の〝加害者〟を選ぶのか。

胸に兆したのは後悔なのか何なのか。掻き乱された心の奥の本音は自分でもはっきりしなかった。

住宅街には闇が降りている。道路の向こうの街灯が、生者をあの世まで導く人魂《ひとだま》のように浮かび上がっていた。

幸子は隆哉のスポーツカーを一瞥《いちべつ》した後、駅へ向かって早足で歩きはじめた。

電車かタクシーか。

どちらが早いのか。同じくらいかもしれない。だが、トータルの時間に差はなくても、電車の到着を待つあいだの、ただ立っているだけの時間を思えば、常に移動しているタクシーのほうが平静でいられると思った。

駅前でタクシーを止め、乗車した。行き先を告げ、「出来るだけ早くお願いします」と付け加える。初老の運転手は黙ってうなずいただけだった。

発車したタクシーは、自分のマンションのほうへ向かった。前を通り過ぎるとき、隆哉のスポーツカーがもう停まっていないのに気づいた。

自分でもそれが理不尽な我がままだと分かっているものの、彼がもう帰ってしまったことに失望に似たショックを受けた。

彼にしてみれば、理由も知らされないまま置き去りにされたのだから無理もない。待っている義理などないのだ。

自分が過去に雁字搦《がんじがら》めにされ、人生をコントロールできないほど翻弄されていることは、百も承知だ。立ち直ったつもりでいても、雪絵に出会ったとたん、蓋をしていた膿《うみ》のような過去がぐつぐつと煮え立ちながらあふれ出てきた。

幸子は膝頭を強く握り締め、飛び去るように流れていく街明かりをウインドウから眺めた。

平穏な暮らしが遠ざかっていく気がして、胸がざわついた。取り返しがつかない闇の中へ向かっているような――。

引き返すなら今だ、ともう一人の自分が頭の中で何度も囁く。

だが、もう後戻りはできないのだ。隆哉は呆《あき》れて帰ってしまった。もしスポーツカーがまだ停まっているのを見たら、タクシーを停車し、飛び降りたかもしれない。雪絵の存在など忘れ――実際に忘れるのは難しいだろうが、忘れたふりならできる――、隆哉を選択したかもしれない。

しかし、彼はもういない。

エレベーターが扉を閉ざしたときに、自分は未来ではなく過去を選択したのだ。

対向車の金色のヘッドライトが車内の闇を一瞬だけ浮かび上がらせては、消えていく。

『さようなら』

雪絵のメールの真意は何なのだろう。敵意を持たれていることが分かったから今後はもう会うつもりはありません、という一方的な決別宣言なのか、それとも――。

何の説明もないから、何も分からない。不安が掻き立てられ、悪い想像を巡らせてしまう。

腕時計を見やり、長針があまり進んでいないことに苛立ちを噛み締める。動き続ける秒針を睨みつけ、貧乏揺すりを続けた。タクシーが薄暗い住宅地へ進み入る。

「お客さん、こちらで大丈夫ですか？」

私に訊かれても――と思いながら、外を見つめた。雪絵のアパートを訪ねるときはいつも神経質になっていたから、風景はほとんど記憶に残っていない。だが、何となく見覚えのある建物がいくつか確認できた。

「はい。このまま真っすぐ進んでください」

初老の運転手が「え?」と訊き返した。

相手の耳が遠いのか、自分の声が小さすぎたのか。幸子は同じ台詞を繰り返した。

メーターを確認し、財布を開ける。薄闇に飲まれていて視認しにくかったものの、今のうちから小銭を準備しておく。

やがて、雪絵のアパートが見えてきた。

「あっ、そこ! そこで停めてください!」

運転手がタクシーを停車させる直前、メーターが回った。金額が変わる。

幸子は舌打ちした。焦燥感に煽り立てられながら、財布をまさぐり、十円玉と五十円玉を探し出した。ほんの数秒のロスが何か取り返しのつかない事態を招くのではないか、という強迫観念がある。

料金を払うと、差し出された領収書を握り潰しながら飛び降りた。アパートを睨みつけ、駆けつける。ドアの前に立ち、インターホンを押し込んだ。

無反応だった。

もう一度押してみる。樹木の枝葉のざわめきしか存在しない夜の静寂にチャイムが鳴り響く。

留守だろうか。『さようなら』と別れの挨拶を残し、アパートを出たとしたら……。

夜風の音色は、死神の鎌が空気を切り裂く音を連想させる。不吉な予感がますます膨れ上がっていく。

そのときだった。ゴトッ、と生首でも転がったような不気味な音が室内から聞こえた。

「ゆ、雪絵さん——？」

幸子はドアに呼びかけた。だが、夜風に吹き流されるほどの小声では聞こえるはずもない。

大きな声を出そうと思ったものの、喉が引き攣り、無理だった。代わりにドアを激しくノックした。

沈黙が返ってくる。

室内にいるのは間違いない。それなのに、なぜ全く応対に現れようとしないのか。

幸子は恐る恐るノブに手を伸ばした。まるでそこに高圧電流が流れているかのように、なかなか触れられなかった。

緊張が絡みつく息を吐くと、金臭い臭いがした。覚悟を決め、ノブを握り締めた。捻る。鍵は掛かっていない。抵抗なく、スムーズに回った。

ドアを引くと、中から漏れ出てくると思っていた光条がなく、室内は薄闇に閉ざされていた。

緊張が全身に伝播《でんぱ》していく。

深呼吸し、玄関に足を踏み入れた。薄闇の中――鴨居《かもい》の下の宙で人影が蠢いていた。

心臓も呼吸も止まった。

雪絵は首を吊り、もがいていた。両足が見えない地面でも掻き毟るようにバタバタと動いている。彼女の足元には踏み台にしたらしい週刊誌が散らばっていた。

幸子は立ち尽くした。

首吊り自殺――。

あの日の自分の言葉が彼女の背中を突き、崖下へ落としたのは間違いない。

助けなければ――。

幸子は一歩を踏み出そうとした。だが、両足は玄関に根付いたまま、動かなかった。

早く。早く助けないと彼女は死んでしまう。

それなのに――。

雪絵は罪のない子供たちを殺している。そして、自分だけ生き延びている。

一家心中を断行したなら、責任を持つべきではないか。〝加害者〟がのうのうと生き延びることは赦されないのではないか。

雪絵と一瞬だけ視線が絡まり合った――気がした。彼女の瞳に垣間見《かいまみ》た感情は何だったのか。この場に居合わせながら助けようとしてくれないことへの失望か憎しみか、それとも――。

雪絵の喉首には紐が食い込み、薄い肉に埋もれて見えなくなっている。茹《ゆ》でられたように紅潮した顔、剝かれた目――。もがく両足の動きが次第に弱まっていく。

死を前にした瞬間、幸子ははっと我に返り、駆けつけようとした。靴のまま部屋に上がった。その瞬間だった。腱《けん》がねじ切れるような音がし、雪絵の体が落下した。紐が切れたのだと分かった。畳に倒れ伏した雪絵は、喉を押さえながら咳き込んでいる。

雪絵が一命を取り留めたことに安堵する一方、首を吊る彼女を前にしても見殺しにしようとした自分に幸子は恐れおののいた。

8

雪絵が意識を失ったため、一一九番して救急車に同乗した幸子は、病院まで付き添った。

治療と検査を受けた雪絵は、病室のベッドに横たわっている。目を閉じたまま、胸だけが静かに上下していた。幸子は丸椅子に腰掛け、彼女の横顔を眺め続けていた。病院特有のアルコールの匂いは大嫌いで、長年遠ざけてきた。家族を失ったあの夜の孤独な病室を思い出してしまう。

それなのに、今は一家心中の〝加害者〟と病室にいる。一体何の因果なのか。

雪絵は睫《まつげ》を震わせると、まぶたを痙攣させながら目を開けた。焦点の定まっていない瞳が天井の蛍光灯を見つめている。

「あたしは……」

何かを言おうとしているというより、何を言えばいいか分からず口から漏れただけ、という感じだった。

雪絵が顔を横に向けると、目が合った。

「……幸子さん」

幸子は反応に困り、思わず視線を外した。だが、それではあまりに不自然で、何か後ろめたいことがあるように受け取られると気づき、顔を上げた。

「大丈夫――ですか」

雪絵は唇に微笑を浮かべた。

「……一度死んだような気分」

冗談めかしている口調の中にも、思い詰めた響きがあった。

彼女は自殺の間際に見た光景を覚えているだろうか。死にゆく人間を見殺しにしようとした女がいたことを――。

気まずい沈黙。居心地の悪さを感じる。

自分自身、あの場で動けなくなるとは思わなかった。もし雪絵に問い詰められたら、あまりのことにパニックに陥って――と嘘で誤魔化すしかない。

だが、自分の心は騙《だま》せない。

動けなかったのは、雪絵の死を望む気持ちがあったからだ。自分がこれほどまでに母親を憎んでいるとは思わなかった。

雪絵は何も言わず、天井を仰いだ。

自分から先に弁解したい衝動に駆られる。本音を見抜かれていたらどうしよう、という不安が纏わりついている。何も言ってくれないから本心が分からない。

「雪絵さん……」

呼びかけてみると、彼女は再び顔を横に向けた。何を言われるのか、彼女のほうこそ不安に押し潰されそうな表情をしていた。

「どうして、自殺なんか……」

ありきたりの台詞しか思い浮かばなかった。本気で疑問に思っているわけではないことは、彼女も知っているだろう。命を絶つ理由は一つしかない。

雪絵はまたしても天井を見た。

「……あたしが生きていてもいいと思う？」

あまりの率直さに心臓に杭が打ち込まれた。

卑怯《ひきょう》な質問だと思った。決まりきった答えを強いる問い方だ。いくら彼女に一度は辛辣な言葉を投げつけたからといって、自殺未遂の直後に一体誰が否定するだろう。普通なら彼女の存在を肯定するところだ。しかし、分かっていながらも口にはできなかった。

一家心中の唯一の生き残りとして、彼女を肯定できなかった。彼女を肯定してしまったら、両親が犯した罪も肯定することになる。

心を殺せば、本心でない台詞も吐けるかもしれない。だが、そうしたらもう自分は自分でいられなくなる予感があった。

「答えて」

い、いい、ではなく、答えて。

教えて、ではなく、答えて。

それで気づいた。彼女が欲しているのは第三者からの気休めの励ましではなく、あの夜、痛烈に非難した張本人からの赦しの言葉ではないか。

だったらなおさら嘘は答えられない。

自身の憎悪の深さを思い知った。自分の言葉が彼女を自殺まで追い詰めたと理解していながらも、それでもその場しのぎの赦しの言葉すら吐けずにいる。

「……子供たちを追おうとしたんですか」

雪絵の問いかけからは逃げた。

彼女は失望したように何秒か沈黙した。

「ええ。二人はきっとあの世であたしを待ってる」

本当に――？

都合のいい考えに、思わず聞き返しそうになった。

子供たちが自分たちを殺した母親に再会したいと思うの？　思うとしたら恨み言をぶつけるためじゃないの？

自殺しようとした雪絵には残酷な追い打ちになる、と分かっていたから、言葉にはしなかった。

そもそも、自分に誰かを追い詰めたり、赦したりする権利があるのだろうか。

雪絵が一家心中の〝加害者〟とはいえ、所詮は赤の他人で、自分の母親ではない。

雪絵を責める資格があるのは、あの世の二人の子供だけだろう。

二人――？

あれ？　と思う。雪絵の話だと、長女、長男、次女という家族構成だったはずだ。

あの世で待っているのが二人とはどういうことだろう。

幸子は漠然とした予感を抱きながらも、疑問を口にした。

雪絵は苦しみに満ちあふれた声で答えた。

「あたしだけじゃなく、長女も生き残ったの」

半ば予想していたにもかかわらず、衝撃のあまり何も言葉を返せなかった。

にわかに心臓が騒ぎはじめる。汗を握り込んだ拳に力が入り、呼吸も乱れた。

長女が生き残っている――？

「当日、留守番をしていたとか？」

雪絵は静かにかぶりを振った。

「一緒に海に落ちたけど、奇跡的に助かったの。あたしが病院で意識を取り戻して、だいぶ後になってから聞かされた。あたしを気遣ったのか、長女を気遣ったのか、分からないけど」

海に落ちた――か。

まるで〝不幸な事故〟だったかのような言い草に、神経がささくれ立った。だが、揚げ足を取るように責め立てても話がズレてしまうと思い、我慢した。

「今も生きているってことですよね？」

「……ええ」

「その後――会ったんですか？」

一家心中で生き残った長女――。それは自分と全く同じ立場だ。違うとすれば、長女には怒りと憎しみをぶつけられる母親が――〝加害者〟が生きていることだった。緊張を唾で飲み下し、雪絵の言葉を待った。やがて、彼女は苦悩が滲み出た声で答えた。

「怖くて、会えなかったの。憎まれているんじゃないか、って思って」

世の中で最も信頼している親に命を奪われそうになって、平然としていられるわけがない。

我が子を巻き添えにした心中は、自分自身の死で罪を相殺しようとする、究極の児童虐待だ。

そこまで追い詰められていたなんて、と親が同情されがちなのはなぜだろう。感情的になって我が子を無残に虐待死させる親と何が違うというのか。

「……その長女はいくつなんですか」

「今は高校生になっていると思う」

「思うっていうのは？」

「ひどい母親だって言われるかもしれないけど、逮捕されてから元夫には連絡しようとさえしなかったものだから……」

「まったく、ですか」

「会ったら、恨みつらみをぶつけられるんじゃないか、って思って、どうしても会おうと思えなかったの」

自分自身、もし両親が生きていたら、怒りや憎しみの言葉を叩きつけただろう。どんなに取り繕おうとも、無理心中は相手の意思を無視した殺人なのだから。

幸子は血の味が滲むほど強く下唇を噛み、腹の底から突き上げてきた非難の数々を呑み込んだ。

女性看護師が現れたのはそんなときだった。気遣わしげな顔で雪絵のそばに歩み寄る。

「ご気分はいかがですか？」

「……頭の中がぐわんぐわんしています」雪絵は羞恥混じりの、どこか媚《こ》びたような微笑を浮かべていた。「すみません」

「しばらくは絶対安静です。何日か入院が必要ですから――」女性看護師の目が幸子に向けられた。「ご家族の方？」

「い、いえ……」

返事に困った。

自分と雪絵は一体どのような関係なのだろう、一家心中事件の〝被害者〟と〝加害者〟？　だが、事件そのものは別だ。

雪絵にとっては何だろう。彼女が答えた関係で構わないと思う。だが、雪絵は何も答えなかった。

「……知人です」

当たり障りなく答えるしかなかった。家族でも友人でも同僚でも親戚でもなければ、〝知人〟としか言いようがない。

「そうですか」女性看護師は少し困り顔を見せた。「入院の準備とか、お願いできる方がいらっしゃったらいいんですが……」雪絵に顔を向ける。「どなたかいらっしゃいますか？」

雪絵は毒薬でも突き出されたかのような顔をした。

誰もいるはずがない。雪絵は自ら家族を殺したのだから。

女性看護師も彼女の表情でわけありだと察しただろう。そもそも自殺未遂で搬送されてきている時点で、相当思い詰める事情を抱えているのだと推察できる。

気詰まりな沈黙が降りてきた。

「あの……」幸子は口を開いた。「私、入院のお手伝い、しましょうか？」

手を挙げたのは、彼女の自殺未遂は自分にも責任の一端があると感じているからだった。苦悩している彼女に、あれほど辛辣で痛烈な言葉を浴びせたら、逃げ場を失うだろうことは容易に想像できたはずなのに――。心のどこかには、そういう結末を望む自分がいたのではないか。

だが、謝ることはできそうになかった。だから〝入院の手伝い〟をすることで罪悪感を打ち消そうとしている。相殺できるほどの行為でないにもかかわらず。

「いいの？」

雪絵が不安そうに訊いた。

「……私が居合わせたのも何かの縁だと思いますから。何が必要ですか？」

看護師が入院に必要なもののリストを手渡してくれた。歯磨きなどの生活必需品、筆記用具、着替えなどなど――。

「服は簞笥《たんす》の中にあるから」雪絵は鍵を差し出した。「これ、うちの。ごめんなさいね」

幸子はそれを受け取った。自宅の鍵を預けられるとは、よほど信用されているのだろう。いや、あるいは死を覚悟した身として、投げやりになっているのか。

雪絵の表情から内心は窺い知れなかった。

9

雪絵のアパートの部屋に入ると、幸子はドアを閉めて寒々とした夜風を遮り、電気を点けた。鴨居からは輪の部分が千切れた紐がぶら下がっており、見る者をあの世へ誘うかのように揺れていた。その斜め前には、蹴飛ばされたままの週刊誌が生々しく散らばっている。

生きている雪絵がいた病室と違い、無人の部屋は何だか〝死の気配〟を抱え込んでいる気がした。

自分は雪絵に死で償ってほしかったのだろうか。

彼女の内心が分からないのと同じく、情けないことに自分自身の本音も分からなかった。

幸子は天井を仰いだ後、箪笥の引き出しを開けた。雪絵の服を取り出し、紙袋に入れていく。

着替えを用意し終え、立ち上がったとき、筆記用具を頼まれていたことを思い出した。机の上にはない。

引き出しの中にはあるだろうか。

幸子は机の引き出しを開けてみた。すると、一番上に刑務所の名前が書かれた封筒があった。

半ば無意識的に手に取り、裏側を眺めた。

『畠山雅之《まさゆき》』

畠山――。

雪絵の離婚前の姓らしいから、相手は元夫かもしれない。日付は――三年半前だ。彼女が服役していた時期だ。おそらく、刑務所に届いた手紙なのだろう。

どくん、と心臓が波打つ。

封筒は数通、納められている。宛先が刑務所のものと畠山雅之のものと半々だ。日付もそれぞれ違う。服役中にやり取りしていた往復書簡なのだろう。

見てみたい衝動に駆られて中身を取り出そうとし、思いとどまる。

手紙は日記と同じく究極のプライバシーだ。

辛うじて誘惑に打ち勝ち、手紙を引き出しに戻した。病院に戻り、入院用の必需品を手渡す。

その日は面会時間が終わるまで付き添い、帰宅した。真っ暗な部屋の電気を点け、ベッドに倒れ込む。色々ありすぎた。いきなり訪ねてきた隆哉を部屋に招く直前で置き去りにし、雪絵を選んだ。彼女は首を吊っていた。助けようとしても動けなかった。そして、病院まで付き合った――。

自分の心の醜い部分と向き合った長い一日だった。

風呂に入る気力も湧かず、そのまま寝入った。翌日は会社が休みなので、朝早くから軽くシャワーを浴び、病院へ足を運んだ。雪絵を無視はできなかった。

面会可能時間まで三十分ほどあったので、待合室でソファに座って待った。そんな気分ではなかったものの、マガジンラックに差してある週刊誌でも読もうと思い、立ち上がったときだった。正面上部に備えつけられたテレビの画面に目が釘付《くぎづ》けになった。

ワイドショーに出ている男――。

宇宙人顔の男だ。男が訪ねてきた日は、両親は感情的になり、夜遅くまで口論していた。

電撃を伴って過去がフラッシュバックした。忘れていた記憶が怒声と共に蘇る。

――振り込みはどうなってんだ！

――先月も待ってやったろ！

――最低限の義務くらい果たしたらどうなんだ！

幸せだった家族から笑顔を奪った怒声――。

なぜ今まで忘れていたのだろう、男の顔を見たとたん、記憶が過去の扉を開いた。

幸子は突っ立ったまま画面を睨みつけた。胸の内側を汚い手で引っ掻き回されている気分だった。

子供のころに宇宙人のようだと感じた男は、年を重ね、印象が変わっていた。皺が増え、頬の肉付きがよくなり、髪の生え際が若干後退している。だが、当時の面影はくっきり残っている。間違いなく同一人物だと確信できた。

それほどまでに記憶に焼きついている顔だったのだ。

テレビの中で男が喋《しゃべ》っている。

「――まあ、こういう事件があると、消費者金融イコール悪という図式で片付けられがちだと思うんですが、それはどんな職業でも同じで、まっとうな会社もあれば、そうでない会社もある、というだけの問題だと思うんですね。報道している皆さんには、むやみに偏見を助長してほしくないと思います」

画面の下部には『郷田尚孝《ごうだなおたか》（62）　郷田金融社長　47歳で金融業界に入り、4年後に独立、郷田金融を設立する』とプロフィールが出ている。

金融――。

思い出した。そういえば、男が訪ねてくる日は、自室から絶対に出ないよう、両親から言い含められていた。だが、リビングからの激しい声は、床の振動として伝わってくる。不安と恐怖に駆り立てられ、ついつい階段を降りて扉の隙間から覗き見てしまった。

絨毯に額をこすりつけ、涙声で謝罪の言葉を繰り返す両親――。

大の大人がそこまで追い詰められるには、どれほど理不尽に責め立てられたのか。

もしかしたら、両親を一家心中するまで追い詰めたのは、消費者金融の郷田なのではないか。無関係のはずがない。今なら法律で禁じられている乱暴な取り立てをしていたのだから。

「債務者の死に責任は一切ないと？」

耳に入った言葉に反応し、幸子ははっと画面を睨んだ。

郷田の右隣に座る、サングラスの中年女性が険しい顔で追及していた。ゲストを毒舌で責め立てるので有名なコメンテーターだ。

郷田はわずかに眉間に皺を寄せた。

「同情しますが、違法な取り立ては一切していません。金利も守っていますし、後ろめたいことは何もありません。社員教育も徹底しています」

「テレビ用の建前でしょ」

「そう思われるのは心外ですね。私自身、取り立てに苦しめられた経験がありますからね」

「初耳ですよ、そんなの」

「公にしていないだけです。交通事故で子供を亡くしてからは、ショックのあまり働けなくなって借金を作りましてね。追い込みをかけられても返せないものは返せず、そんなとき、金がないなら仕事を手伝え、と。他に生きる道はなく、そのころは捨て鉢な気持ちだったので、従いました。でも、私は荒っぽい取り立てがどれだけ人を追い詰めるか身に染みて知っていたので、そんなまねだけはしないように心掛けていました。大事なのは博愛精神です。お金に困っている人間に手を差し伸べることです。

独立した後もそれは変わりません」

両親を一家心中まで追い込んだくせになかったことにし、体が痒《かゆ》くなるような——自分にとっては吐き気がするような——綺麗事を喋っている。

「しかし、自殺した被害者は遺書で『どうかもう追い詰めないでください』と言い残していますよ！　相当激しい取り立てがあったという断固たる証拠ではありませんか！」

「……彼は〝被害者〟ではありません。〝被害者〟は、法に則《のっと》ってお金を貸したのに踏み倒されたこちらではないですか。私は後ほんの少しの金銭があれば救われる客の手助けをしているんです」

胃の中で炎が燃え盛るようだった。家族を包み込んだ紅蓮の熱さを思い出す。

郷田は人の命を何だと思っているのだろう。

「彼は『これ以上取り立てに来るなら死んでやる！』と言いました」郷田が言った。

「自分の命を盾にして相手を従わせようとする行為、卑劣だと思いませんか？」

サングラスのコメンテーターが声を荒らげる。

「そこまで追い詰めたんでしょう、あなたが！」

「……『俺と別れるなら死んでやる！』なんて男が言い出して、女性に交際の継続を強要したとしたら、誰もが非難するでしょう？　それは『殺してやる』という発言同様〝究極の脅迫〟です。盾に取るのが他人の命か自分の命か、という違いでしかありません」

「そ、そ、そういう問題じゃないでしょう！」

「感情的にならず、考えてみてください。従わなければ、お前を殺す、あいつを殺す、俺を殺す――。同じです」

郷田の台詞が引き金《トリガー》になり、次々と記憶が騒ぎ出す。

『私たちに死ねとおっしゃるんですか……。それがお望みならそうします』

絶望が絡みつく声でつぶやいたのは、母だったか父だったか。その瞬間、郷田が激高したのを覚えている。

『それは脅しか！』

剣幕に負けたように、両親は沈黙した。

『命を盾にするのは卑怯だろ！』

両親は何も言い返せなかった。

郷田の言い分は正論だと思う。だが、命を盾にしたくなるほど苛烈に〝攻撃〟する側に責任はないのだろうか。

番組は、債務者の自殺の責任を追及するコメンテーターに対し、どこ吹く風の郷田──という内容のまま終わった。

胸がざわつき、気持ちを抑えられない。

郷田の傲慢な顔つきが瞳に焼きついていた。

今、初めて純粋に憎める相手が現れた。

幸子はインターネットで調べた住所に足を運んだ。

夕日に照らされる中、雑居ビルに入った事務所を見据えた。日よけが下りた窓の真上には、『郷田金融』と横書きで書かれ、ガラス張りの入り口扉には『激安ローン』と張り紙がある。石段の前には、煙草の吸い殻や噛んだガムが散らばっている。いかにも悪徳金融の事務所──という雰囲気だった。

幸子は深呼吸し、扉を押し開けた。

自分でもなぜここを訪ねたのか、分からなかった。だが、テレビで郷田の顔を見てからは居ても立ってもいられず、見舞った雪絵との会話もほとんど内容が頭に入ってこなかった。

何もしなければ、このまま牢獄《ろうごく》に囚われたような人生を送ることになるだろう。そう思った。

事務所の中には黒革のソファに囲まれるように、脚の短いガラス製のテーブルがあった。黒豹《くろひょう》をかたどったペン立てと陶製の灰皿が置かれている。周りには観葉植物の鉢植え、ジンベイザメを描いた絵画、キャビネット、経済学の専門書が並んだ書棚――。

客は数人。薄汚れたジャケットに野球帽の老人、生活の垢《あか》が全身に染みついたような中年女性、ちゃらちゃらした格好の茶髪の若者、病的に痩せこけた男――。誰もが死んだ魚の目をしていて、媚びへつらうように卑屈な薄笑みを浮かべ、スーツ姿の社員に借金の無心をしていた。

郷田は彼らの弱みに付け込み、食い物にしているのだ。

幸せを壊した連中――。

幸子は拳を握り締め、案内されるまま角のソファに座った。テーブルを挟んで向かい合ったのは、新卒のように若く、潑剌《はつらつ》とした雰囲気の青年だった。

「お名前は？」

訊かれると、幸子は反射的に「田中《たなか》です」と答えていた。

本名を伝えることに躊躇があった。なぜかは分からないが、まだそのタイミングではない気がしたのだ。

「田中様ですね。本日はどのようなご用件でしょうか」

「私、来月に結婚予定なんですが、貯金がなくて、結婚式の費用がどうしても出せないんです」

幸子はとっさに作り話をした。

ふと頭の中に浮かび上がったのは、隆哉の顔だった。だが、それは一瞬だけで、暗闇の中に消えてしまった。

胸がチクッと痛む。

彼から連絡はない。

「彼氏も貯金がなくて……。でも、一生に一度の結婚式ですから、思い出に残る式はどうしても挙げたくて……」

社員はスポーツマンさながらの爽やかな顔に同情の色を浮かべ、共感の言葉を吐いた。話をしていると、腕利きのカウンセラーに励まされている気になる。金銭で苦しむ客が縋りつきたくなる気持ちが理解できた。

だが――と幸子は気を引き締めた。

これこそ、消費者金融のやり方なのだ。さも味方のようなふりをして、会社の利益のために客を貪っていく。借金苦で誰が追い詰められ、命を絶とうと気にも留めない。きっと自殺者が出ても、貸した金を回収しそびれたことを悔やむのだろう。

自分の家族の末路を思い出すたび、憎しみと怒りが渦巻き、胸を内側から焼いていく。それはあの夜の炎より熱く、自分の全身を焦がしそうだった。

「希望借入額はお決まりなんですか？」

希望借入額――。

結婚式の相場はいくらだろう。自分が結婚して幸せな生活を築いている未来像がどうしても思い描けず、今までその手の情報に関心を持ったことがなかった。

「ええと……まだ具体的に決めているわけじゃないんですけど……百万くらい、です」

「百万ですか。田中様はご職業は何をされていますか」

「……事務員です」

何から何まで作り話をしたらすぐボロが出てしまう。正体がバレない範囲で事実を話そう。

社員は書類に書き込みながら質問を重ねていく。

「ご年齢は？」

「二十七歳です」

「ご年収は？」

「手取りで二百二十万です」

「勤続年数は？」

「半年です」

社員は「半年……」と独りごち、難しい顔をした。

「あのう……何か問題が？」

「キャッシングには収入の安定が重要なんです。田中様の年収で勤続年数も短いとなると……」

「貸せないってことですか？」

「いえ、もちろんそういうわけではありません。ただ、お貸しできる限度額はどうしても落ちてしまいます。お住まいは賃貸でしょうか？」

「……はい。マンションに一人暮らしです」

「そうですか。賃貸となると、月々の家賃の支払いもありますよね。お家賃は？」

「五万円です」

社員は若干困り顔でこめかみを掻いた。

「全額の借入が可能かどうかは分かりませんが、審査を希望されるなら、諸々《もろもろ》の書類の提出が必要になります」

「書類――ですか？」

「はい。運転免許証やパスポートはお持ちですか？」

「いえ。運転も海外旅行もしないので……」

「マイナンバーカードでも可能です。顔写真付きの本人確認書類が望ましいのですが、無理なら住民票や健康保険証、戸籍謄本、年金手帳、母子健康手帳などでも可能です」

書類を提出したら偽名がバレてしまう。

そもそも、借金するつもりはないのだから、大真面目に思い悩む必要はないかもしれないが。

「それから――収入を証明する書類も必要です。給与明細など、直近二ヵ月分をお持ちください」

「は、はあ……」

曖昧な返事をするしかなかった。

表情の変化を見逃さなかったらしく、社員は真面目くさった顔つきで語った。

「ご覧のとおり、我が社は小さな消費者金融です。しかし、いい加減な審査はしておりません。返済不可能な金額のご融資は、お客様の人生を狂わせてしまいますから。そうならないようにするのが私どもの務めです」

――だったらなぜ自殺者が出たんですか。

意地悪な問いをぶつけてみたい衝動に駆られたが、相手は一介の社員にすぎないことを思い出し、思いとどまった。

「あのう……」幸子はおずおずと言った。「郷田社長には会えないんですか？」

社員が「え？」と首を傾げる。

「あっ、いえ……郷田さんが債務者のために……と力強く語っている姿を見ました。郷田さんなら困っている人を見捨てず、話を聞いてくれるのではないかと……」

自分で口にしておきながら胸がむかむかした。

「ご融資の可否を最終的に判断するのは社長ですから、書類審査の後、面接があります」

面接――。

もし郷田と顔を合わせたら自分はどうなるだろう。その瞬間を想像しただけで感情が掻き乱される。

しかし、書類審査を通ることはない。身元を調べられたらその時点で不適合だと判断されてしまう。

どうしよう、と思ったときだった。小さくベルが鳴り、出入り口のガラス扉が開いた。

入ってきたのは――郷田だった。朝のテレビからそのまま抜け出してきたかのように同じ鼠《ねずみ》色のスーツを着込んでいる。出入り口付近の社員が「お疲れ様です！」と威勢よく挨拶する。郷田は一切の笑みを見せずに「おう」と応じ、事務所内に入ってきた。

幸子は思わず椅子を倒しながら立ち上がっていた。張本人の顔を見たとたん、全身の血が沸騰した。あまりに強く握り締めた拳は皮膚同士が接着されたように開かない。

郷田が立ち止まり、「ん？」と振り返る。視線が絡み合った。正体を見破られたのではないか、と身が強張る。

だが——郷田は不審そうな顔をしただけで背を向け、奥の部屋に姿を消してしまった。

冷静に考えてみれば、郷田が両親の取り立てに来ていたのは十七年も前だし、自分も自室に引っ込んでいたから顔は合わせていない。彼にとっては見覚えすらないだろう。本名を知られないかぎり、正体がバレることはないはずだ。

いや——。

向こうは自殺した債務者のことなど、全く覚えてもいないのではないか。テレビでも冷淡だった。非道なやり口を糾弾されても意に介さず、反駁《はんばく》すらしていた。

しばらくして我に返ると、幸子は社員に適当な口実を口にし、『郷田金融』を後にした。

10

翌日は仕事を休んで昼過ぎから『郷田金融』の前に来た。何度か建物に入ろうとしては踵を返す。

同じようにためらいを見せる者——おそらく金銭的に切羽詰まっているのだろう——の姿が珍しくなかったせいか、不審者として見咎められることはなかった。

『郷田金融』を訪ねて何をしようというのだろう。両親を一家心中に追い込んだ郷田に面と向かって罵声を浴びせたいのだろうか。

金を借りたのは両親だ。非は両親のほうにあるのかもしれない。だが、当時は取り締まりが緩かった時代だから、違法な金利で借金が膨れ上がっていたとしたら？　今では禁じられている乱暴な取り立てが行われていたのは間違いない。怒鳴りつけられ、土下座して詫《わ》びる両親の姿は記憶に焼きついている。

人を何人も死に追いやっておきながら、平然としていられる郷田に憎悪が募る。

幸子は歩道を行ったり来たりした。諦めて帰ろうとしたものの、付近の喫茶店で時間を潰してしまう。三時間が経ち、夕焼けが街を茜《あかね》色に染めるころ、店を出た。

『郷田金融』の前へ行き、息を吐く。

出入り口のガラス扉が開いたのは、そのときだった。先ほどまでのように債務者が出てくるのだと思った。だが、姿を現したのは――郷田本人だった。顔を見ただけで心臓がどくんと脈打ち、冷や汗が滲み出る。幸子は思わず前に立ちはだかっていた。

郷田は警戒心を滲ませ、一歩後退した。

「何か？」

債務者から恨まれている自覚があるのだろう。

幸子は何かを言おうとしたものの、引き攣った唇からは言葉が出てこなかった。

「……キャッシングの相談なら事務所へどうぞ」

郷田は素っ気なく言い、横を通り抜けようとした。幸子は横に移動し、再び立ち塞がった。言葉は発せなくても態度では示せる。

郷田がうんざりした顔で嘆息する。

「何か用かな？」

「話を――」幸子はようやく声を絞り出した。「話を聞いてください」

「いや、だから借り入れの相談なら社員が対応する」

どう答えていいのか分からない。

「……借り入れの相談は断られました」

嘘をついた。

「では、うちでは力になれないな。あちこちから摘まんでいるんじゃないの？」

郷田は幸子を押しのけ、真横を抜けた。無感情な革靴の音をさせながら歩いていく。

気がつくと、幸子は彼の背中に叫んでいた。

「人殺し！」

郷田が立ち止まり、振り返った。

何人かの通行人が驚いた顔で一瞥し、そそくさと去っていく。本来なら興味を引き、野次馬を集めたかもしれない。だが、彼らはここが消費者金融の事務所の前だと知っているのだろう。おそらく罵詈雑言《ばりぞうごん》は日常茶飯事なのではないか。珍しくもないから、むしろ関わり合いを避けている。

「……人殺しとはずいぶんな言い草だな」郷田は冷淡に言った。「私も慈善事業をしているわけじゃないんでね。返済不可能な客にまで金を貸すことはできない。そこまで切羽詰まっているなら、生活保護を申請したほうがまだ可能性はあるだろう」

彼は『人殺し』の意味を勘違いしたようだ。無理もない。十七年も前の話で罵倒されているとは思いもしないだろう。

「テレビじゃ綺麗事を吐いていたくせに」

郷田の目に当惑が表れた。

「あなたはどうして——人を死なせておいて、どうしてまだ平気で生きていられるんですか」

「……私を非難するためにやって来たのか、それとも、金を借りるためにやって来たのか」

咎める口ぶりだった。

幸子はぐっと拳を握り固めた。郷田の目を真っすぐ睨み返し、覚悟を決める。

「テレビで悪びれない姿を目にして、耐えられなくなったんです。あなたは何人を死なせたら罪の意識を持つんですか」

郷田が顔を歪めた。

「何人——？」

「債務者を自殺に追い込んで……」

「……あんたに弁解する必要などないが、扇情的なワイドショーで真実を知った気にならないほうがいい。亡くなった債務者は元々どん底だったんだ」

「私の両親もそうだったっていうわけ？」

「え？」

言ってしまった。言うつもりはなかったが、尊大な態度に我慢するのは難しかった。

「あなたの執拗で暴力的な取り立てに追い詰められて、私の両親は命を絶ちました。

妹と弟を道連れにして……」

「まさか。冗談はよしてくれ」

「事実です」

「そんな話は聞いてないな。名前は？」

答えるべきかどうか。

迷いは一瞬だけだった。踏み込んでしまった以上、もう引き返せない。

「山上です」

後は奈落に向かって落ちていくのか、それとも――。

自分でも一家心中の元凶に対峙した結果、行きつく先がどこなのか分からなかった。

「山上……」

郷田は眼球がこぼれ落ちそうなほど目を剝いた。

十七年が経っても覚えているのだ。もし忘れられていたら、憎悪に身を焦がされていただろう。

考えてみれば、荒っぽく取り立てていた債務者が家に火を点け、一家心中したのだ。普通の神経をしていたら忘れられるはずがない。

「一人生き残った娘――なのか？」

「そうです」

郷田が幸子の全身をまじまじと眺めた。その後、通行人が行き交う周囲を見回し、『郷田金融』の建物に顎を向ける。

「……中で話そう」

人目を気にしたのだろう。

幸子は尻込みした。狼《おおかみ》の巣穴に誘い込まれている気がした。踏み入ってしまったらどんな目に遭わされても逃げられない。

「取って食ったりしない」

消費者金融の社長の言葉を鵜《う》呑《の》みにするほど馬鹿だと思われているのだろうか。

だが、宣戦布告しておきながら逃げるのは悔しい。自分に後ろめたいことは何もないのに――。

「分かりました」

幸子が答えると、郷田は背を向け、『郷田金融』の建物へ向かった。無防備に見える。相手が復讐心からナイフを隠し持っていたらどうする気なのだろう。追い詰められた債務者が怖くないのだろうか。

郷田の後をついて行き、建物に入った。舞い戻った社長を目に留めた社員が「どうしたんすか」と訊く。

「優先順位が変わった。銀行は後だ」

社長の気まぐれは日常茶飯事なのか、社員は無言で会釈し、接客に戻った。見るからに不健康そうな主婦らしき女性に対し、満面の笑みで金利の説明をしている。

幸子は二階へ上がり、事務室に入った。装飾が施された重厚な茶褐色のドアだ。自分で閉めると、その重々しさで牢屋の鉄格子を連想した。

鍵はかかっていないから逃げようと思えば逃げられる。郷田も証拠が残りやすい自分の事務所で事には及ばないだろう。ここが暴力団顔負けの悪徳金融なら、常識は通じないだろうが。

十畳ほどの事務室の南には、大きな窓を背にしてプレジデントデスクが鎮座していた。その前にはガラステーブルがあり、黒い本革のソファがそれを挟んでいる。

郷田は黙って上座のソファに腰を下ろし、対面に手のひらを差し出した。

幸子は緊張したままソファに座った。座布団が馴染んだ尻には革の硬さが痛く、身じろぎした。

「で――」郷田が口を開いた。「本当にあの一家心中の生き残り――なのか?」

「覚えているんですね」

――両親をあそこまで追い詰めたあなたにも人間の血が通っているんですね。

衝動的に口から飛び出しそうになった台詞は何とか呑み込んだ。

「……忘れるはずがないだろう」郷田は苦々しそうに眉を歪めていた。「あのときは放火殺人の疑いで取り調べられたからな。あんたの証言で誤解は解けたよ。なぜ今ごろ私に会いに来た」

どこまで正直に吐露すべきか。

幸子はつかの間逡巡《しゅんじゅん》した。

「あなたの顔をテレビで見て」

郷田が怪訝《けげん》そうに目を眇《すが》める。

「どういう意味だ？」

「……私は一家心中を図った両親を憎んで生きてきました。心中は美談でも悲劇でもありません。自分の命を捨てた殺人です。殺された側――殺されそうになった側からはそうです」

「死なれた側にとっては、当てつけの自殺も同然だよ。正直、命を絶って思い知らせてやろう、という恨みを感じた」

郷田の言い草に一瞬カッと血が沸騰した。だが、浮きかけた尻をもう一度戻し、小さく息を吐く。

自分本位すぎる言い分だ。追い詰めた張本人が口にしていい台詞ではない。

「あなたの顔をテレビで見たとたん、記憶が蘇ってきたんです。あなたが両親を怒鳴りつけ、乱暴な取り立てを行っていた光景を」

郷田が目を瞠り、動揺を覗かせた。

「覚えている——のか？」

幼い子供が当時の様子を記憶していたとは思いもしなかったのだろう。今の自分の立場を悪くしかねない『証人』だと恐れている。

債務者の自殺で騒がれている最中《さなか》、過去に郷田の取り立てで家族が一家心中したと語る人間が現れたら、世論は完全に敵に回る。ただでさえ、非難が集まっているのだ。とどめになりかねない。

「あなたが取り立てに来る日、両親は、自室から出ないよう私たち姉妹に言い含めました。でも、階下から恐ろしい怒鳴り声が聞こえてくるんです。不安と恐怖に耐えきれず、私は階段を下り、リビングの入り口から覗き見ていました。今思えば、なぜずっと忘れていたんだろう、と不思議でなりません。両親の一家心中には元凶が存在したんです」

郷田は引き結んだ唇を歪め、苦渋の形相をしていた。

「そう——か。全部見ていたわけだ」

「さぞ誤算だったでしょうね」

皮肉のつもりで言った。

何か見え透いた言い逃れがあるかと思ったが、郷田は歪めたままの唇を蠢かせただけだった。

両親を死に追いやった本人を前にしたら、押し寄せる言葉はもう止まらなかった。感情のままに言い募る。

「この十七年、私がどれほど苦しんできたか、あなたには想像もつかないでしょうね。一番愛していた両親を憎まなきゃならなかったんですから。最後の晩餐のように連れられて行った遊園地の思い出を何度も思い返しながら、なぜ、って両親に問いかけました。でも、当然答えてはくれません」

幸子は郷田を睨みつけた。

「私は——あなたを憎んでいます」

息詰まるような沈黙が降りてきた。

郷田は懐から煙草を取り出し、火を点けた。落ち着きを取り戻すように一服すると、天井に向かって紫煙を吐き出す。

煙はドーム形のシーリングライトに纏わりつき、霧散した。

「そうか。憎みたければ憎むといい。だが、私を憎んでも両親は生き返らないぞ」

幸子は我慢できずに怒鳴り声を上げた。

「あなたが！」

だが、震える唇から続く言葉は出てこなかった。

あなたが殺した！

そう、一家心中を選択したのは両親だが、そこまで追い詰めた郷田に罪がないはずがない。

郷田は鼻で笑った。

「借りた金を返すのは当然の義務だろう？　返せない金なら最初から借りなければいい」

「それは——あなたが乱暴な取り立てをしたから。どうせ違法な金利だったんでしょ」

「証拠があるか？　私の取り立て方は、あんたの、子供のころの不確かな記憶だけだし、金利も、今や証明する手立てはない。何か証拠があったとしても、火事でもう焼けただろう？」

幸子はぐっと歯を噛み締めた。

「それとも、何か持ち出したか？」

悔しいが、叩きつけられる物証は何もなかった。彼の慌てふためく姿を見てやれたらどんなに痛快だろう。

「……物証はあります」

言ってみた。

だが——。

郷田の顔には動揺が全くなかった。

「ハッタリだな」

「なぜそう思うんですか」

「素人の浅知恵くらいすぐ分かる」

郷田はもう一服すると、重厚なガラス製の灰皿で煙草をにじり消した。

「話にならんな。逆恨みもいいところだ」

「両親は苦しんでいました。あなたが追い詰めたのは間違いありません！」

「人聞きが悪いな。私を非難するのはお門違いだ。金を返さない人間に責任がある。ちゃんと返済さえしていれば、わざわざ取り立てに行く必要もなかったんだ」

「……あなたは執拗でした。最後のほうは、ほとんど毎日のように押しかけてきたじゃないですか」

「大した記憶力だ」郷田は小馬鹿にする口調で言った。「借り逃げを阻止するためだ。当然だろう。実際、まんまと逃げられたしな」

一瞬、意味が理解できなかった。

だが、両親があの世に逃げたと言っていると分かるや、その無慈悲な言い草に憤怒が湧き上がってきた。煮えたぎるような感情は今にも噴きこぼれそうだった。

「こっちは大損したんだ。死なれちゃ、もう取り立てられない。死に逃げは卑怯じゃないか？」

郷田は二本目の煙草に火を点け、脚を組んだ。革張りのソファにもたれ、ふんぞり返る。

彼はこちらの忍耐を試そうとしているとしか思えなかった。だが、逆上して暴れてしまったら不利になる。

血が出そうなほど下唇を噛み締め、耐え忍ぶしかなかった。

「……あなたには罪の意識はないんですか？」

郷田は心底不思議そうに猪首《いくび》を捻った。

「なぜ私が？」

「私の両親は妹と弟を巻き添えにして自殺したんですよ」

「改めて教えてくれなくても結構だ。罪があるとしたら私じゃなく、あんたの両親じゃないのか？　責任転嫁はやめてほしいね」

「責任の一端くらい、あるはずでしょう？」

「ないね。むしろ謝罪してほしいのは私だよ」

「え？」

「当時は今ほど安定していたわけじゃないからな。借り逃げされてどれほど資金繰りが困難になったか。あんたこそ、今からでも自分の親の責任を果たすべきじゃないのか。頭を下げて、借りていた金額に利子をつけて返すべきだ」

「正気とは思えません。第一、そんなの、もう時効じゃないですか」

真面目に反論するのも馬鹿らしい論理だ。だが、言わずにはいられなかった。

「誠意に時効はない」

郷田は煙草を吸うと、紫煙を幸子に向かって吐きつけた。一瞬、彼の姿が煙の中に消える。

幸子は咳き込み、手のひらで煙を払った。

郷田は唇の端を緩めていた。

「親の借り逃げを申しわけなく思うなら、今のあんたが差し出せる範囲の誠意、受け取ってやってもいい。どうだ？　いくらまでなら出せる？」

唖然《あぜん》とするしかなかった。郷田がここまでの人間とは思わなかった。

だが、これで心置きなく憎める。両親の代わりに。

「一円だって払うつもりはありません！」

幸子はきっぱり言い放つと、立ち上がった。勢いでソファがずれ、真後ろのキャビネットにぶつかる。

「おい、注意しろ」

「何かが壊れて弁償しろって言うなら、どうぞ弁護士でも雇ってください。私はあなたの過去の悪事を暴露しますから」

どんな形でも一泡吹かせてやりたい。今は強くそう思う。

幸子は郷田の言葉を待たず、部屋を出た。制止されることはなかった。

今、胸にあるのは、怒りを超えた憎しみだった。

11

「何かあった？」

雪絵の気遣わしげな声が耳に入り、幸子ははっと我に返った。彼女は病室のベッドに横たわっている。

あと数日で退院できるという。

「……何でもありません」

頭の中を占めているのは、薄笑いを浮かべた郷田の顔だ。挑発的な声は耳にこびりついている。

——会うんじゃなかった。

後悔が募る。

両親をあれだけ徹底して追い詰めた消費者金融の男に、一体何を期待していたのか。

郷田が十七年も前の一家心中を今でも引きずっているとでも?

「幸子さん、何だか思い詰めた顔をしているものだから、気になって……」

「個人的な問題です」

凍りつくような冷たさが剝き出しだったことに気づいたが、フォローはしなかった。

雪絵を気遣う気にはならない。

第一、彼女には事情を話せない。話せば自分が一家心中の〝被害者〟だとバレてしまう。今の関係も変わるだろう。

雪絵は返す言葉を失ったらしく、気まずそうに黙っていた。か細い声で「ごめんなさい……」とつぶやく。

重苦しい沈黙が続く。

幸子は耐えきれなくなり、丸椅子から立ち上がった。

「私、明日の分の着替え、持ってきますね」

二日に一度、雪絵のアパートから生活必需品を取ってきている。

ハンドバッグを手に取ったとき、雪絵が無理に作ったようなほほ笑みと共に言った。

「ありがとう」

「……いえ」

礼を言われると、後ろめたくなり、目を逸らしてしまう。

自分自身、なぜ彼女にいつまでも付き纏っているのか、分からなかった。傷だらけになるだけなのに……。

そう、最初は母を重ねた。同じ一家心中の〝加害者〟として。

母が――両親がなぜ我が子を殺せたのか、ずっと知りたかった。雪絵の心を覗けば、亡き母の心に触れられる気がしていた。だから雪絵を憎みながらもそばにいようとした。

だが――。

両親を追い詰めた張本人を見つけた今、憎む対象は変わり、苦しかった母のつらさも少しは理解できた。それなのになぜ？　なぜ雪絵と離れないのか。

同じ生き残りの雪絵の娘はどんな気持ちで生きているのか。

ふと気になった。

「それじゃ……」

幸子は病室から逃げ出した。呼び止められるかと思ったが、雪絵の声は追ってこなかった。

救われた心地で病院を出ると、自分の心境を反映したかのように鉛色の空が重々しく垂れ込めていた。空全体がずっしりと全身にのしかかってくるようで、憂鬱になる。

電車で雪絵のアパートへ向かった。

家族の墓参りをしてから、それが運命であるかのように、人生が何かに導かれている気がした。

アパートに着くと、鍵を開け、雪絵の部屋に入った。黙々と着替えを準備していく。鞄《かばん》に詰め終えたとき、机に視線が引き寄せられた。

引き出しの中には、服役中の雪絵が元夫と交わした手紙がしまってある。

一家心中の〝加害者〟と〝被害者〟の往復書簡――。

そこには一体何が書かれているのか。以前は誘惑に打ち勝ち、勝手に読まずに元に戻した。だが、今は――。

幸子は机に歩み寄った。引き出しに手を伸ばす。

深呼吸し、取っ手を握り締めた。そして――引く。

手紙が消えてくれていたら、という思いもあったが、それは以前と変わらず存在していた。

一家心中に遭った自分は、読んでも許されるのではないか。もし盗み見たことを知られたら、過去を告白しよう。それが身勝手な論理であることくらい、百も承知だ。

幸子は封筒に手を伸ばした。倫理観は自己正当化で脇へ押しやった。

我が子の命を奪われた父親として、雪絵にどんな感情をぶつけたのか。そして彼女はどう答えたのか。

禁断の林檎《りんご》を前にしたイブのように、もう好奇心が抑えられない。

十七年間、周りに一家心中に関係した人間は一人もいなかった。だからこそ、知りたい。どうしても、知りたい。

幸子は唾を飲み込むと、汗ばむ手のひらを拭ってから手紙を取り出した。

そして——一番昔の日付のものから読みはじめた。

※※※※※※※※※※※※※※※※※※※※

雅之さんへ

別れたあなたに手紙を書くことは、ずいぶん迷いました。互いに離婚届にサインし、役所に提出した時点で赤の他人になったのですから、今さら何を書けばいいのでしょう。

あなたが美香《みか》を引き取ったと聞き、あたしの胸は掻き乱されました。家庭内の全てをあたしに押しつけておきながら、こうなってからしゃしゃり出てくるなんて。

あたしは刑務所の中で不自由でつらい毎日を送っています。同じ雑居房には覚せい剤の再犯で服役している女性が一番多く、他には詐欺罪と児童虐待で有罪になった女性が一人ずついます。誰もが自分の罪を喋りたがらないので、耳に入ってくる噂話《うわさ》で知りました。陰でカチカチ（刑務所用語で放火を意味するそうです）と呼ばれて避けられている中年女性は短気で、些細《ささい》なことで毎日毎日、看守の人に食ってかかります。男言葉で罵詈雑言を吐きます。暴力的な言葉遣いに慣れていないあたしは、それだけでビクッと心臓が飛び上がり、まるで自分が怒鳴られている気になります。

あたしの罪は周りに知られているらしく、誰からも蔑みの目で見られます。子供殺しは軽蔑の対象らしいです。あたしは子供たちを殺したという認識はありませんでした。ただ、一緒に死のうとして死に損なっただけなのです。

裁判でも話しましたが、ガードレールを突き破ったとき、あたしは明確に心中を考えていたわけではありません。ただ、赤々とした夕日に導かれるように、ふと、吸い込まれただけなのです。

誰にでもそんなときはあるのではありませんか？　高層ビルのベランダから地上を見下ろしているとき、死にたくないのに、意識と一緒に体が落ちてしまいそうな、そんな感覚です。

子供たちと一緒に死ねていれば、このような苦しみとは無縁だったでしょう。後悔があるとすれば、ただ一つ——。

　心中に失敗したことです。

　あたしも美香も生き延びてしまいました。その結果、こうして生き地獄の中で絶望を味わうことになったのです。

　もしも心中が罪だというならば、社会とあなたに罪が半分あると思いませんか。

　あたしが子供たちと一緒にちゃんと死ねていたら、こんなふうに非難を浴びたでしょうか。きっとシングルマザーに厳しい社会に追い詰められた哀れな被害者として、同情されていたに違いありません。

　結果が違うだけで、責め苦を負うとしたら、それは理不尽ではないでしょうか。

　弁護士さんによると、心中と無理心中は違うそうです。互いに死を同意した者同士が命を絶つのが心中で、あたしのように誰かを道連れにするのは無理心中らしいです。それは殺人らしく、だからこそ、あたしは殺人罪に問われました。

　あたしが死を救済だと感じるほど思い詰めた原因は、誰も手を差し伸べてくれない社会、そして、あなたです。

　なぜあなたに罪がないのですか？

坂下《さかした》雪絵より

※※※※※※※※※※※※※※※※※※※※※

雪絵へ

僕の子供たちを殺した君にこうして手紙を書くには、相当な葛藤と忍耐が必要だった。

事件以来、変わったのは、児童虐待や一家心中のニュースがやたら目に入ることだろうか。シングルマザーの同棲《どうせい》相手や再婚相手がDVで逮捕されているケースが多いように感じる。連れ子だと、我がままや反抗が実子の何倍も癇《かん》に障るのだろう。

僕は仕事人間ではあったけれど、できるかぎりいい夫、いい父親であろうと努めたし、時間があるときには菜々美《ななみ》の子守りもしていた。毎日ではないにしろ、おむつだって替えたし、お風呂にも入れたし、ミルクもやった。

だが、そんな僕に満足せず、離婚を切り出したのは君だ。僕こそ被害者だ。なぜ僕が責められるのか理解できない。

僕の頑張りが足りなかったのか？

教えてくれ、雪絵……。

畠山雅之より

※※※※※※※※※※※※※※※※※※※※

雅之さんへ

あなたの顔を最後に見たのは、第三回の公判でした。傍聴席の最前列で拳を固め、あたしをじっと見つめていました。責めるような眼差しが忘れられません。

あなたにあたしを責める資格があるのでしょうか。あたし一人に家事も育児も押しつけ、何も手伝ってくれなかったあなたに。

あたしが証言台に座り、想いを吐き出したとき、あなたがどんな顔で聴いていたのか、背を向けていたあたしに知る術はありません。

最終陳述を終えて振り返ると、もうあなたの姿はそこにありませんでした。いつあなたが席を立ったのか。なぜ最後まであたしの想いを聴いてくれなかったのか。

あなたは判決の日も姿を見せてくれませんでしたね。執行猶予が付かず、実刑を言い渡されたあたしの絶望感は理解できますか？　目の前が真っ暗になり、膝から崩れそうになりました。なぜ擁護の証言をしてくれなかったのでしょう。あたしがどれほど大変だったか。一人で三人の子育てに追われたあたしがどれほど大変だったか。あなたがあたしの日々の苦労を語り、情状酌量を訴えてくれていたら――。

あたしはあなたを憎みながら服役しています。

坂下雪絵より

※※※※※※※※※※※※※※※※※※※※

雪絵へ

手紙をありがとう。

公判に最後まで立ち会えなくて申しわけなく思ってる。正直に告白すれば、いたたまれなくなって、逃げ出してしまった。僕自身、知らなかった――いや、目を背けてしまった雪絵の苦しみに直面して、最後まで聴いていられなかったんだ。

本当ならそんな想いを訴えたかった。裁判官に情状酌量を求めたかった。

でも、できなかった。

結局、僕は保身を選んだんだと思う。法廷で雪絵を庇《かば》う発言をしたら、世間からどんな目で見られるか。それが怖かったんだ。

雪絵が菜々美に手を焼いていたのはよく知っている。思えば、菜々美のときは美香や陽太《ようた》に比べたら難産で、ずいぶん雪絵を苦しめたね。

僕は僕なりに助けていたつもりだったが……。

一体何が不満だったんだろう？

教えてくれないか。僕には何も分からない。

畠山雅之より

※※※※※※※※※※※※※※※※※※※※※

雅之さんへ

赤ん坊の叫びはいつも母親に届きます。では、独りで子を育てる母親の――あたしの叫びは一体誰に届くのでしょう？　結婚していてもあたしは独りでした。

子育てについては、法廷で語ったとおりです。菜々美がどれほど我がままだったか、あたしを困らせたか、あなたは何も知らないでしょう。

全員の朝食を作るために早起きしなければならないのに、菜々美は毎日毎日、夜泣きであたしを起こします。ストレスによる耳鳴りは日増しに激しくなり、菜々美が泣きわめく甲高い声はまさしく拷問でした。鼓膜を破って脳を揺さぶられるような、そんな不快感です。

何であたしばっかり――と独り言をつぶやく毎日でした。近所のママ友も理解はしてくれません。共感してほしくて苦しみを吐き出しても、『三人も子供を作った自業自得でしょ』という心の声が聞こえ、余計に神経を掻き毟られます。

菜々美がもう少し聞き分けのいい子だったら、あたしも我慢できたかもしれません。

菜々美はどうしてあんなに聞かん坊に生まれてしまったのか。

あやしてもあやしてもあやしてもあやしても、ただただ泣いてばかりで、何が望みなのか、全く分かりませんでした。

刑事さんは取り調べ中、あたしに言いました。

赤ん坊なんだから当然だ、と。

聞けば、その刑事さんは独身とのことでした。子供を持ったこともない、しかも、子育てにほとんど関わらない男性に一体何が分かるのでしょう。理想論や綺麗事で世の母親が救われるでしょうか？

あたしの不満を見て取ったのか、少し年上の刑事さんが取り調べ役を交替しました。保育園児の息子さんがいるそうです。

男の育児参加は大事だからね、と語る刑事さんは、流行りの〝イクメン〟だと自称していました。どれほど立派に子育てしているのか興味深く話を聞いたところ、おむつの替え方は分からないけど、頻繁に食事を食べさせてやったり、膝の上に乗せて一緒にテレビを観てやっている、と胸を張ります。

話を聞けば聞くほど、心を許すどころか、鼻で笑いたくなり、反発心が頭をもたげてきます。

食事やテレビのような、子供が喜ぶ楽しいことだけを引き受け、大変な育児全般を妻に丸投げしている夫の姿が目に浮かびます。〝イイトコ取り〟をしていたら、そりゃ、嬉しそうに育児を語れますよね。

育児して偉いね、なんて褒められて喜んでいる男性には違和感を覚えます。もし同じ台詞を母親が言われたらどうでしょう？　まるで今まで育児放棄していた非道な母親のように聞こえるはずです。なぜ男性だけことさら称賛されるのか。

育児する男性は、〝イクメン〟ではなく、〝父親〟です。

あなたはたしかにおむつを替え、お風呂に入れ、ミルクもやってくれました。でも、準備していたのは誰でしょう？　後始末していたのは誰でしょう？

　あなたは菜々美が使っていたおむつのメーカーを知っていますか？　常に補充しておくのも、赤ん坊の横に放置されたおむつを捨てるのもあたしです。お風呂掃除をして、お湯の温度に注意して、着替えやタオルなど必要なものを用意し、「入って」と声をかけるのはあたしです。風呂場からあなたに呼ばれて菜々美を受け取り、体を拭いて、保湿クリームを塗って、服を着せるのはあたしです。あたしは普段、それを全て一人でしています。あなたのようにゆっくりお湯に浸《つ》かったり、自分の体を洗ったりする余裕はありません。

　粉ミルクの作り方は知っていますか？　あたしが全て準備し、あなたは菜々美を抱いて飲ませるだけ――。あたしは、ミルクを飲み終わった菜々美を負ぶいながら、使った哺乳瓶を洗っています。

　あなたはしばしば同僚を自宅に招きましたね。同僚たちの前であなたは菜々美の子守りをしながら、会話を楽しみ、大笑いして盛り上がっていました。菜々美がぐずり、お漏らししたと分かるや、おむつを替えました。

「畠山さん、おむつも替えるんですかあ？」唯一の女性が感心したように言いました。

「イクメンですねえ」

　あなたは笑いながら自慢げに答えていましたね。

「可愛い我が子の世話をするのは当然だろ」

あたしがそのやり取りをどんな思いで眺めていたか。

母親は孤独です。子供に囲まれていても孤独です。

あたしは自分自身の叫びが誰にも届かないと思い知ったとき、絶望したのです。

衝動的な飛び込みだったにもかかわらず、あたしは殺人罪で有罪を受け、服役しています。お坊ちゃん育ちのあなたには想像もつかないでしょうね。毎朝、点呼があり、朝食後は工場で作業です。微々たる作業報奨金が入ってきます。月に五千円です。自弁品の購入に使うには少なすぎます。

昼食後は三十分の運動時間があります。全員でラジオ体操をしてから、各自好きに体を動かせます。

入浴は週に二日、与えられている時間は十五分。そのあいだに頭や体を洗い、着替えまで終えなければなりません。

不自由な生活ですが、意外にも自由を感じているあたしがいます。子育てに追い立てられていた日々に比べたら、なんてゆとりがある生活でしょう。

あなたは『僕だって仕事で朝から晩まで忙しい。昼食も立食の店でさっと食べて仕事に戻らなきゃいけない日もある。大変なのはお前だけじゃない』とよく反論しましたね。

予定を立ててそのとおりに行動できるような忙しさなら、あたしも頑張れるし、耐えられるかもしれません。でも、育児の大変さはそういう時間的なものではなく、常に気を張っていなければいけないことです。あなたは自分の仕事も同じだ、気は緩められない、と言うかもしれません。そういうことではないんです。食事中も入浴中も掃除中も洗濯中も、子供が泣けば駆けつけなければなりません。何をしていても中断し、放り出して子供のために動かなければなりません。常に他人の意思に生活が制限され、翻弄されるんです。これがどんなにストレスか。

そんな毎日に比べたら、刑務所の生活は規則正しく、子供の泣きわめく声に怯えなくてもいいんです。身構えたまま食事したり入浴したりせずにすみます。短い入浴時間も、子供に邪魔されない十五分がどれほど落ち着いているか。

あたしは服役して初めて解放感を覚えています。

坂下雪絵より

※※※※※※※※※※※※※※※※※※※※

雪絵へ

正直に話してくれてありがとう。

本音を聞けてよかった。まさか雪絵がそこまで大変な思いをして子育てしているとは思いもしなかった。僕は大馬鹿だった。自分を献身的な父親だと思い込み、自惚《うぬぼ》れていた。手を差し伸べているつもりで何の役にも立っていなかったんだね。

今となってはひたすら謝るしかない。

自分の仕事を言いわけにして家事も育児も任せっきりで、雪絵の大変さを理解しようとしなかった。追い詰められた雪絵の叫びに僕がもっと耳を傾け、一緒に子育てしていたら——負担をちゃんと分かち合っていたら、こんな結末は迎えなかっただろう。今さら合わせる顔がなく、面会に行く勇気もない。

菜々美が夜中に泣きわめいたとき、翌朝も早くから仕事がある僕は、さっさと泣き止ませてくれ、と不機嫌そうに言うや、耳栓を嵌めてベッドにもぐりこんでしまった。一睡もできずに子守りをしていた雪絵の苦労も考えず、朝食がないことに文句を言ったね。ゴミ出しは僕がしたけど、一番大変な分別作業は雪絵がしてくれていたから、僕は出勤のついでにゴミ置き場へ運ぶだけでよかった。

僕が楽している分、雪絵が苦しんでいた。僕はそんな当然の現実に思い至らず、仕事して金さえ家に入れていたらそれだけで父親の務めを立派に果たしている、と勘違いしていたんだ。

雪絵の叫びをちゃんと聞いていたら。耳を塞がなかったら。子育てを押しつけなかったら。

後悔はたくさんある。

その結果、僕は雪絵の信頼を失い、今回の不幸に繋がった。育児を丸投げしたあげく、傷つけ、君を捨てた僕のせいだ。

すまなかった。本当にすまない。

何度でも謝る。雪絵をそこまで追い詰めてしまった僕が悪い。雪絵が悪いわけじゃない。

どうか許してくれ。

畠山雅之より

※※※※※※※※※※※※※※※※※※※※

いつの間にか息を止めていた。肺の苦しさで気づいた。

幸子は肺一杯に息を吸い込んだ。死臭が残るような雪絵の部屋の空気はどこか澱《よど》んでいた。

服役中に交わされた手紙――。

雪絵の正直な気持ちの吐露と、それに対する元夫の返事だ。一家心中の関係者二人のやり取りには、胸を掻き乱されるものがあった。

〝加害者〟の雪絵は罪の意識が薄かった。一家心中で死にきれなかった親の苦しみとは、そんな程度のものなのかと啞然とした。〝殺人〟を〝心中〟と美化し、悲劇のヒロインになっているのかもしれない。

元夫の返事にも納得できなかった。雪絵に同情的な言葉を物分かりよく綴《つづ》っている。我が子を二人も殺されたのに、なぜもっと怒らないのか。泣き叫ばないのか。

離婚して離れてしまった子供たちなど、もはやいないも同然ということだろうか。

ふと思い出した。

以前、姪《めい》を交通事故で亡くした男友達に、お悔やみと同情の言葉をかけたことがある。一家心中で弟と妹を失っている自分には、大事な誰かを亡くす悲しみは誰よりも理解できる。だが、意外にも彼の反応は冷めていて、返されたのは『まあ、ほとんど会ってないし、大丈夫だよ』だった。気を遣わせないための強がりではなく、本当にそれほど傷ついていないようで、驚いたのを覚えている。

今になって冷静に考えてみれば、驚くほどのことでもないのかもしれない。家族を亡くしたとしても、一緒に仲良く暮らしていた人間を失うより、長年遠く離れていた人間を失ったほうが悲しみが少ないのは道理だ。

雪絵の元夫としてみれば、親権を取られ、長期間会わずにいたら、もう生きていようと死んでいようと状況は変わらない。子供たちの死が実感できなかったのかもしれない。

幸子は続く手紙を読みはじめた。

※※※※※※※※※※※※※※※※※※※※

雅之さんへ

あたしの苦しみを理解してくれてありがとう。

それだけでも手紙を書いた意味がありました。思えば、あたしはずっとあなたの理解を欲していたのかもしれません。

でも、勘違いしないでくださいね。あなたに未練があるわけではありません。離婚届にサインしたとき、あたしの中でもう関係は完全に終わっています。ただ、ずっとあたしが言えないまま胸の内に溜め込んできた思いをぶつけたかったんです。

泣き止まない菜々美に対し、どんな手段を用いてでも黙らせたい、という凶暴な衝動に駆り立てられたことがあります。人間性を疑われたくなかったので、誰にも話したことはありません。気が狂いそうになりながらも一生懸命子育てをしているのに、母親失格の烙印《らくいん》を押されてしまったら、辛うじて繋ぎ止めている神経がぷつんと切れてしまいそうだったからです。

美香を育てているときは、あなたに思わず漏らしてしまいましたね。あなたは軽蔑の眼差しを向けて言いました。

「自分の子に愛情はないのか。人間性を疑うよ」

本音を述べれば、あのときのあたしは失望していたのです。無理解な夫に。共感してくれない夫に。

結局、関係の維持は難しくなり、別れることになりましたね。親権を勝ち取ったはいいものの、女手一つで三人の子を育てるのは、体力的にも金銭的にも難しく、日を追うごとに苦しくなっていきました。

実刑判決が出た瞬間、あたしが打ちのめされたのは、なにも罪を免れたかったからではありません。こうしてあなたに丸裸の本心をぶつけるうち、自分の本当の気持ちに気づきました。

あたしは、追い詰められたすえの選択を〝殺人〟と断罪されたくなかったのです。あたしの苦しみは誰にも理解されないという、孤独な絶望だけがありました。唯一の心残りは、あの子たちの葬儀に参列させてもらえなかったことです。刑事さんには後生ですから、と懇願しましたが、許可されませんでした。それどころか、自分で殺しておきながらどういう神経をしているんだ、と、まるで私が鬼であるかのように非難されました。

所詮、子育てが他人事の男性には、母親の地獄など理解してもらえないのだと思い知りました。

初犯のあたしは洋裁を行う工場に振り分けられました。作っているのは子守帯――いわゆる『抱っこ紐』です。スーパーやデパートで安く売られると聞きました。

子供を死なせたあたしが、子育てのための製品を作る――。

皮肉な巡り合わせを感じました。あたしが作った子守帯は、健全に子を育てている母親に買われるのでしょうか。子供を死なせて懲役中の母親が作ったと知ったら、どんな顔をするでしょう。縁起が悪いと捨てられるかもしれませんね。

毎日毎日、二百枚、三百枚と子守帯を縫ううち、美香のことを思い出しました。

子育てにまで手が回らなかったあなたでも、中学生になった美香一人なら育てられるかもしれませんね。とはいえ、美香はこれから難しい年ごろです。しっかり注意を払って育ててください。

美香はあたしのことはどう言っていますか？　美香に菜々美の面倒を見てほしいと頼んでも、それよりあれが欲しいこれが欲しい、遊びたい、と我がまま放題でした。あたしを困らせたことを思い悩んでいなければいいのですが……。

美香は根はいい子です。あたしもいっぱいいっぱいでしたから、美香が小学生として当然のお願いをしても、自己中心的な要求に聞こえ、ついつい怒鳴ってしまうことがありました。

そんな分からず屋なら出て行って！　そんなふうに声を荒らげたこともあります。でも、心底から美香を邪魔だと思っていたわけではありません。美香には誤解してほしくないと思っています。こんなことになり、生き残った美香がどうしているのか、それが気がかりです。あなたのもとでどんな生活を送っているのでしょうか。一度も面会に来てくれないので、様子が分かりません。どうか教えてください。

坂下雪絵より

※※※※※※※※※※※※※※※※※※※※※

雪絵へ

美香は陽太や菜々美に会いたがっている。

だが、それ以上に崖から転落したあの夜の恐怖が忘れられず、苦しんでいる。夜中に急に叫び出したかと思えば、おねしょしたり……。精神的にちょっとおかしくなっている。

ママが私を殺そうとした。

美香はそう繰り返している。カウンセリングの先生にも頼って、何とか落ち着いても、君の名前が出るたび、半狂乱になる。髪を掻き毟ったり引っ張ったり、抜いてしまったり。やめさせようとしても無意識のうちにしてしまうらしい。

抜毛症というそうだ。

美香の痛々しい姿に心が破れる。胸が潰れる。僕は毎日毎日、どうすれば美香が笑ってくれるのか、明るく元気に過ごしてくれるのか、それはばかり考えている。

それが僕にできる唯一の罪滅ぼしだと思っている。美香の平穏を最優先したから、雪絵の裁判の傍聴にもほとんど行けなかった。誤魔化して出かけようとしても、美香は察しがいい子だから、気づいてしまう。

自分より君を優先しているようで悲しいのかもしれない。

僕は常に良き夫、良き父親だったわけではないし、自分のことを棚に上げて君を責める権利はないのかもしれない。でも、言わせてくれ。

法廷で陳述したように、君は自己正当化と責任転嫁ばかりだ。罪を何も自覚していない。

心中を図った日から君は病院と拘置所が居場所だったたし、美香には一度も会っていない。もし美香に会っていたら、その苦しみようを目の当たりにしていたら、君も少しは罪の意識を持ったのではないか。

弟や妹に会いたいとは言うが、母親には会いたがっていない。それが答えだと思う。最愛の母親に裏切られ、殺されそうになったショックは計り知れない。君がどんな理由を説明しようと、納得できることはないだろう。

残酷なようだが、面会などは一切期待しないでほしい。美香も君に会うことは望んでいない。

どうか美香のことはそっとしておいてやってくれ。

畠山雅之より

※※※※※※※※※※※※※※※※※※※※

雅之さんへ

ごめんなさい。あたしは自分のことばかりで、美香の気持ちを考えようとはしませんでした。ただただ自分の大変さや苦しみを理解されない不満ばかりで、自分以外の誰かを思いやる精神的余裕を失っていました。

美香があたしを恨むのも当然でしょう。あたしは決して取り返しがつかない罪を犯してしまいました。あたしは罪を背負い、塀の中で償っていこうと思います。

もちろん、美香に面会を強要したりするつもりはありません。美香の気持ちが一番大事ですから。

ただ、いつか美香があたしを赦し、会いたいと言ってくれる日が来ることを願っています。自己中心的な願望かもしれませんが、今のあたしにはその日を夢見るしか、希望がありません。

どうか、愚かなあたしを赦してください。

坂下雪絵より

※※※※※※※※※※※※※※※※※※※※※※※※※

幸子は手紙を机に置き、一息ついた。

最初は雪絵に同情的だった元夫も、彼女を責めはじめた。平静を装って返事していたものの、あまりに雪絵が自分勝手で、罪悪感も抱いていないから、本心をぶつけることにしたのかもしれない。

元夫から責められた雪絵は、自身の罪を自覚したのか、ようやく後悔や反省を述べている。

罪――。

雪絵は服役中に元夫と手紙を交わし、少なからず罪を意識した。だが、四年程度の実刑で赦されてもいいのか。我が子たちの命を無慈悲に奪った罪は――。

残る手紙は二通。封筒の日付は三年以上、空いていた。今から三ヵ月前のやり取りだ。

幸子は手紙を取り出した。

※※※※※※※※※※※※※※※※※※※※※※

雅之さんへ

あれから五年。美香はどうしていますか。少しでも立ち直っているといいのですが……。

あたしは間もなく仮出所を迎えます。でも、安心してください。あたしはあなたたちの前に顔を見せるつもりはありません。その資格はありませんから。

ただ、元気にすごしているのか、それだけが知りたかったんです。

学校生活はどうですか？

友達はできましたか？

坂下雪絵より

※※※※※※※※※※※※※※※※※※※※

雪絵へ

時間はかかったが、美香はようやく前を向きはじめた。高校でも楽しく過ごしているようだ。親子の会話も増えたし、今では笑顔を見せてくれる。

それは〝君がいない時間〟を送れたからだと思う。もし君が顔を見せていれば、そのたびに過去に引きずり込まれ、絶対に立ち直れなかっただろう。精神的におかしくなってしまったかもしれない。

現実の耐え難い苦痛も、記憶を呼び起こす引き金のようなものが何もなければ、一時の気の迷いが見せた悪夢のように思えてくる。

美香はあんな過去を背負いながら、いい子に育った。グレてもおかしくないのに、本当にいい子に育った。

僕も一生懸命美香に寄り添い、支えてきた。この五年間、どれほどの根気と辛抱強さが必要だったか。美香のためには何が最善なのか悩み、試行錯誤し……とにかく美香のことを第一に考えてきた。それが良かったんだと思う。

今では美香は普通の高校生だ。過去に引きずり戻されるようなことがなければ、もう心配ない。

君は君の人生を送ってくれ。

僕たちは僕たちの人生を送る。

畠山雅之より

※※※※※※※※※※※※※※※※※※※※※※

幸子は息を吐き出し、雪絵の手紙を睨みつけた。

長女の美香――。

彼女は母親に殺されそうになった。同じ一家心中の生き残りなのだ。幼かった当時はトラウマを抱え、苦しんでいたという。憎む対象が生きている苦しみが想像できない。きっと色んな葛藤があっただろう。

自分の分身に出会ったように気になって仕方がない。

だが、美香は高校生になり、普通の生活を送っているという。彼女はどうやって立ち直ったのだろう。自分など、十七年が経っても忘れられていないというのに。過去に囚われているというのに。

美香ももしかしたら忘れたふりをしているだけで、実は逃れられない苦しみを抱えているのではないか。

幸子は手紙の束を机の引き出しに戻し、閉めた。中を漁ったことがバレないよう、順番も元どおりだ。

差し入れる日用品に忘れ物がないか確認し、雪絵のアパートを後にした。

病院に戻ると、雪絵はベッドの上で身を起こした。気弱な微笑を浮かべたまま、消え入りそうな声で言う。

「ごめんなさいね、幸子さん。ご迷惑をかけて……」

幸子は「いえ……」と答えながら顔を背けた。

手紙を盗み見てしまったことで、雪絵の心の中を勝手に覗き見たような後ろめたさがあり、目を合わせられなかった。百人中百人から咎められ、非難される行為だと承知している。だが、一家心中の〝加害者〟が元夫と交わした手紙だと知ったら、歯止めが利かなかった。モラルは彼方へ吹き飛んでしまった。

夕日の赤が窓の形にくり貫《ぬ》かれて床に落ちている様を見つめる。しばらく沈黙が続いた。

先に口を開いたのは雪絵だ。

「あの……」

幸子は振り返った。

「幸子さんはどうしてあたしにこんなに親切にしてくれるの？」

「え？」

唐突な質問に表情が固まった。取り繕う余裕もなかった。

雪絵はぞっとするほど冷たい声で言った。

「あたしを憎んでいるのに」

12

半開きの窓から吹き込む風でレースのカーテンが膨らみ、静かにはためいている。

幸子は言葉もなく、ただ立ち尽くしていた。

「な、何の話──ですか？」

そう返すのが精一杯だった。

雪絵は表情を消したまま、無言で見返していた。心の奥をえぐるような眼差しだ。

「違うの？」

疑問形だが、確信がある事実を一応確認する——という口調だ。

「ち、違います。憎むなんて……冷たく聞こえるかもしれませんが、言ってしまえば赤の他人なのに、そんな強い感情、抱くわけないじゃないですか」

「そう？」

「そうですよ。どうして急にそんなこと——」

「態度とか、言葉の端々から伝わってくるもの。あたしの周りにはそういう人ばかりだったから、分かりたくなくても分かっちゃうの。幸子さんは他の人たちより、あたしを嫌ってる。表面上は気遣って親切にしてくれているけど……それがどうしてか分からなくて」

何も答えられなかった。

胸の内側に隠した憎しみの炎。表に出さないように努めてきたつもりだった。だが、さんざん他人からそのような視線を向けられてきた彼女は敏感で、隠し通せなかった。

——私はあなたの娘と同じ一家心中の生き残りです。

喉まで出かかった言葉は懸命に呑み込んだ。口にしたとたん、〝被害者〟としての立場から罵詈雑言が飛び出しそうだった。無関係の彼女に母親を重ね、筋違いの非難があふれてしまう。

「話をしていて、雪絵さんに罪の自覚が薄いような気がして、それで何だかもやもやしてしまって……」

そう語るしかなかった。

雪絵は自嘲するように口元を緩め、自身の体を眺め回した。

「こんな状態になっているのに――？」

幸子ははっとした。

そうだった。雪絵は自責の念に駆られ、首を吊ったのだ。自分の言葉が彼女を追い詰めたことを思い出し、言葉をなくす。

入院中の彼女を責めるほど残忍にはなれず、幸子は「すみません……」と謝った。

「あたしがどうすればあなたは満足？」

雪絵の問いかけは胸に突き刺さった。

「私は何も――」

「本当にそう？」

首吊り自殺を放置しようとしたことを見透かされている気がして、視線が泳いでしまう。

自分は彼女にどうしてほしかったのだろう。首吊り自殺の現場に居合わせたとき、助けに動けなかった。手足をばたつかせてもがく雪絵を目の当たりにし、早く救わなければと思う一方、体は動かず、心の奥底で死を贖罪《しょくざい》だと捉えている自分に気づいた。

雪絵の眼差しに耐えきれず、幸子は逃げるように病室を出た。

美香なら——雪絵に殺されそうになった美香ならどう答えるのだろう。同じ立場で苦しんでいる一家心中の生き残りである彼女の本心が聞きたかった。

人生を取り戻すには、美香に会わなければならない、という強迫観念じみた感情に支配された。

雪絵の元夫の住所は手紙の宛先で知っている。

風が吹きすさぶたび、街路樹の落ち葉が塵《ちり》と共に舞う。

雪絵の元夫が住む団地は——三棟がコの字形に並んでいる——、レトロな雰囲気の喫茶店の向かいにあった。団地は結構な築年数が経っているのか、外壁にはひび割れも目立つ。着古した服のような哀愁が滲み出ていた。

本能のまま、衝動のまま、住所を訪ねてきてしまった。だが、これからどうすればいいのか、考えは何もなかった。

幸子は喫茶店に入った。店員から「いらっしゃいませ」と声がかかる。

赤色が基調になっていて、船内を模したような内装だった。若者の姿はなく、五十代以上と思《おぼ》しき中年の男性客が数人、コーヒーを飲んでいる。入店したとたん、彼らの一瞥が注がれた。

悪目立ちしているだろうか。しかし、席が空いているのに今さら引き返したら、却《かえ》って不審がられるだろう。そんなふうに感じてしまうのは、後ろめたさがあるからかもしれない。

幸子は堂々と窓際の席に座り、メニューを開いた。紅茶を注文し、飲みながら時間を潰した。

一時間が経つと、紅茶一杯では申しわけなくなり、おかわりを注文した。

カップに口をつけ、嘆息したときだった。視界の片隅で小さな動きが目に入った――気がした。窓の外に顔を向ける。三階の一室から少女が出てきていた。

部屋は右から三番目。十一部屋が並んでいるから、番号は三〇三か三〇九だろう。

三〇三なら、美香だ。

幸子は席を立ち、慌てて勘定を支払った。店を出ると同時に少女が団地の階段を降りてきた。黒髪のショートヘアに、青いブラウス、短めのスカート。ショルダーバッグを提げている。

何となく抱いていたイメージとは違い、一見、普通だ。少なくとも外見からは一家心中の傷跡らしきものは見て取れなかった。

話しかけるにしても、第一声が思いつかず、意図せず彼女の後を尾《つ》ける形になった。

美香は住宅街を駅のほうへ歩いていく。土曜日の昼間だから友達と待ち合わせでもしているのだろうか。それとも、今時の女子高生は彼氏とデートかもしれない。

心の中がもやもやしている自分に気づいた。

何だろう。本当に普通の人生を送っているように見えて、そのことが不満なのだろうか。

自分には望んでも望んでも手に入らない幸せを享受していることに、内心、嫉妬しているのかもしれない。そんな自分は醜いと思う。だが、込み上げる感情はどうにもならなかった。

美香は駅に入り、キーホルダーが付けられた財布でタッチして改札を抜けた。

幸子はＳｕｉｃａを使って後を追いかけた。美香はホームのベンチに腰掛け、気だるげにスマートフォンを眺めていた。画面を見ているようで見ていない気がする。デートにワクワクしている、という雰囲気はなかった。

電車の到着を告げるアナウンスがあっても動く気配がなく、ホームで待ち合わせをしているのか、あるいは『普通』ではなく『快速』を待っているのか――と思ったとき、電車が入ってきた。美香がスマートフォンのカバーを閉じ、立ち上がる。

乗り込む彼女の動きは操り人形を思わせた。

幸子は同じ車両の反対側のドアから電車に乗った。美香は出入り口の角にもたれかかり、再びスマートフォンを弄《いじ》っている。

観察しているうち、彼女に話しかけたいという思いは失《う》せていた。今は、一家心中の生き残りである美香がどんな人生を送っているのか、知りたいという欲求が生まれている。

本当に立ち直っているのだとしたら、どうやって過去を振り払えたのか教えてほしかった。

幸子は電車の揺れに身を任せ、ときおり美香を覗き見た。彼女は彫像のように身動きすらせず、スマートフォンを眺めているだけだ。そこに重大な何かがあるというより、大して興味もないものを惰性で見つめている、という眼差しだった。

美香が動いたのは三駅目だ。うっかり乗り過ごしそうになったのか、頭上の案内板で駅名を確認し、慌てた様子で降りた。幸子も同じくホームに出た。

彼女の生気のなさは、過去の事件が尾を引いているのだろうか。それとも、全く関係ない学校生活や人間関係が原因なのか。

駅を出た美香が向かったのは、若者が集まるスポットだった。歩行者天国の向かいに建つ巨大なデパートに入っていく。

幸子は尻込みしながら尾行を続けた。ブランド店が並ぶ界隈《かいわい》では、空港の免税店のような——一度だけ沖縄旅行で飛行機に乗ったことがある——、何となく石鹼《せっけん》を思わせる独特の香りが漂っている。お洒落な場所に居心地の悪さを感じた。美香がブランド店に入ったらどうしよう、と思ったが、さすがに未成年が利用できるほど気安くはないらしく、彼女も素通りしていく。

ほっとして尾行を続ける。

美香はコスメショップをしばらく眺めると、中に入った。名前を聞いたことがある全国チェーンの店だから、商品の値段はお手頃だろう。高校生のバイト代でも買えると思う。

店は入り口などがあるわけではなく、デパート内の一角に棚が並んでいるタイプだから、入店しなくても様子は窺える。

美香は棚から棚へ歩き回りながら、ときおり化粧道具や香水を手に取って眺めている。

土曜日の昼間に一人で買い物——。

もしかしたら親しい友達がいないのかもしれない。そうだとすれば自分と同じだ、と少し親近感が湧いた。

美香はレジのほうを一瞥すると、化粧品のボトルを握った手を体に引き寄せた。次の瞬間、ボトルは手の中から消えていた。その真下には口が開いたショルダーバッグ——。

決定的な瞬間を見ていなくても、彼女が何をしたのか明白だった。

幸子は目を瞠ったまま、高鳴る心音を聞いていた。スポーツ少女のような真面目な外見の子が万引きをする、そのいびつで不釣り合いな異様さに、身動きができなかった。

美香は別の棚——口紅コーナー——に移動すると、商品をまた手に取り、確認しはじめた。そして、レジを窺ってからまたバッグに落とす。

今度ははっきりと視認できた。

手慣れた様子で窃盗を行っているのが信じられない。許されない犯罪行為だと知りながら、一家心中の過去が原因で美香がグレてしまっているのだとしたら、一概に非難はできなかった。

美香は素知らぬ顔でコスメショップを出ようとする。

止めなきゃ。

犯罪を犯す前に止めなきゃ。

幸子は彼女の背中に向かった。

腕を鷲摑《わしづか》みにされた美香が驚いたように振り返る。

彼女を捕まえたのは——紺色の制服を着たいかつい顔の警備員だった。どこからか彼女をマークしていたのだ。

一歩遅かった幸子は立ちすくんだ。

「お金払ってない商品、あるよね」

美香は世を儚んだような虚無の眼差しで警備員を見上げている。ふてくされているようにも見えるし、諦めているようにも見える。

「……何のこと？」

「化粧水に口紅。鞄にあるよね」

「さあ」

「防犯カメラの映像にね、しっかり映ってるから」

「だから何？」

「軽く考えてるんだろうけど、万引きはね、れっきとした窃盗なんだよ、窃盗。刑法じゃ窃盗罪になるの。分かる？　窃盗罪はね、十年以下の懲役もしくは、五十万円以下の罰金なの」

「脅してるつもり？」

「脅しじゃなく事実だよ」

美香は鼻で笑った。その瞬間、黒い瞳に挑戦的な光が宿った——気がした。

「子供を二人殺しても四年で出てこられる世の中なのに、未成年の万引きで十年も懲役、受けるわけないじゃん」

彼女が誰のことを頭に浮かべているか、火を見るより明らかだった。

やはり母親の事件は尾を引いているのだ。無理もない。一家心中事件からはまだ五年しか経っていないのだから。

警備員は呆れ顔で言った。

「あのね、君。そういう問題じゃないの。実刑判決は受けなくても、何らかの罰は免れないよ。学校は？　退学になるよ」

「学校に未練なんかないし」

警備員が嘆息する。

「君みたいな子はよく見てきたよ」

「へえ？」美香の唇がわずかに吊り上がった。「よく見てきたんだ？　私と同じ境遇の子、見たことないけど」

警備員は顰めっ面のまま首を傾げた。

「……君、親は？　連絡先教えてくれるかな」

「さあ。捜せば？」

「あのねえ、君、そういう態度だと、警察に通報しなくちゃならないし、本当に取り返しがつかないことになるよ？」

美香は素っ気なく「どうぞ」と答えた。

警備員は再び大きなため息をついた。

「じゃ、とりあえず中で話そうか」

促されると、意外にも美香は素直に歩きはじめた。棚のあいだを抜け、奥のドアへ連れられていく。

幸子は慌てて後を追った。

美香の素行が一家心中に起因しているなら、見捨てるわけにはいかない。

強迫観念じみた感情に突き動かされ、駆けつけた。美香と警備員がバックヤードに消えようとした瞬間、幸子は二人の背中から声をかけていた。

「すみません！」

警備員に続き、美香はさほど興味なさそうに振り返った。二人の視線が一身に注がれている。

「何か？」

警戒するように警備員から尋ねられ、幸子はにわかに緊張を覚えた。

「……彼女の保護者です」

とっさに口から出た。

今の状況にすら無関心そうな顔つきだった美香が目を見開いた。

警備員が胡散臭《うさんくさ》そうに目を細める。

「保護者──？」

「はい」

「母親というには若すぎる気がしますが、ご関係は？」

後妻を騙《かた》る？　それとも、親戚とか？

つかの間迷ったすえ、幸子は「家庭教師です」と答えた。

「……家庭教師？」

「はい。たまたま彼女を見かけて……」

下手に身内を騙るとボロが出るかもしれない。ある程度、関係性に距離があるほうが誤魔化しも利くだろう。

警備員が美香を見やった。

「そうなの？」

幸子は美香の唇を注視した──というより、彼女の答えが気になって目を離せなかった。もしきっぱりと否定されてしまったら、こっ恥ずかしいことになる。電車内で人に席を譲ろうとしたら逆に怒鳴られたような居心地の悪さを味わうだろう。

美香としばらく視線が絡み合った。

彼女が受け入れてくれることをただただ願う。

——あなたを助けようとしていることは、眼差しで伝わるでしょう？

「どうなの？」

警備員が重ねて訊く。

美香はようやく口を開いた。

「……別に」

素っ気なく否定され、幸子は愕然とした。考えてみれば、この状況で見知らぬ人間に家庭教師を名乗られても、困惑するだろう。意図が分からない嘘には乗っかれない。乗っかったとたん、手のひらを返される可能性もあるのだから。

「あの……」

幸子は何も言えず、目を泳がせた。

「……それはどうかと思うよ」

嘘をついてしゃしゃり出たことを咎められているのだと思い、反射的に謝ろうとした。だが、警備員は美香を見ていた。

美香はそっぽを向いている。

警備員が向き直る。

「じゃあ、ご一緒に中で話しましょう」

美香の家庭教師として認められたことが驚きだった。もしかしたら、先ほどまでの彼女の態度があったから、〝生徒想いの家庭教師の助けを拒絶する意地っ張りで捻くれた少女〟という目で見られたのかもしれない。

美香は無言でバックヤードへ入っていく。

幸子は警備員の後から入室し、ドアを閉めた。机と丸椅子、片隅に段ボール箱が置かれている簡素な部屋だった。

警備員が奥の丸椅子に腰掛けると、美香は何も言われないうちから机を挟んだ丸椅子に座った。投げやりな態度だ。うつむいて爪を弄っている。

幸子は傍らに立ったまま、展開を見守った。

「とりあえず、盗《と》ったもの、出してくれるかな」

警備員が言うと、美香はショルダーバッグを机に置き、乱暴に逆さまにした。財布やスマートフォン、コンパクトに交じり、新品の化粧水と口紅が転がり出てくる。

「……これでいい？」

反省の色が見られない態度に、警備員の顔がますます険しくなった。

「すみませんでした！」

幸子は沈黙に耐えきれず、代わりに頭を下げた。頭頂部に視線が突き刺さっているのが分かる。

頭を下げたまま横目で窺うと、美香の冷めきった眼差しと対面した。彼女は自分のために謝罪する赤の他人を見て何を思うだろう。

沈黙が続いたとき、真後ろでノブが回る音がした。顔を上げて振り向くと、ドアが開き、中年男性が入ってきた。名札には、名前の上に『店長』と肩書きが記されている。

連絡はすでにされていたのだろう、店長は机の商品を見やり、「それ？」と訊いた。

警備員が「はい」とうなずく。

店長は美香を睨みつけた。

「あのねえ、こんなふうに気軽に商品を盗まれたら困るんですよねえ。初犯じゃないんじゃないの？」

美香は店長を一瞥し、無関心そうに顔を背けた。

幸子は再び「すみませんでした」と頭を下げた。店長が警備員に「彼女は？」と訊く。

「家庭教師だそうです」

「たまたま居合わせて……」幸子は言った。「弁償はします」

「弁償とか、そういう問題じゃないんですよ。商品を盗むという行為はね、犯罪なんですよ。分かってます？」

「もちろんです。本当に申しわけありません」

幸子は美香の代わりにひたすら謝罪した。

結局、商品を受け取らず、その分の代金を払い、何とか警察への通報だけは勘弁してもらった。美香は最後まで謝らなかった。一礼してバックヤードを出る。

二人で店を後にした。息詰まる牢獄から抜け出した気がして深呼吸する。

美香が陽光を浴びながら振り返った。初めて感情が宿った目が向けられた。

「で、あんた、誰？」

13

――私はあなたよ。

心の声は口に出さなかった。

「誰なの？」

尋問の響きを帯びた口調に、幸子は返事に窮した。

彼女に会って何を話すかはもちろん、どういう立場で会おうとしているのか、何も分からないまま行動に移してしまった。雪絵との繫がりは明かさないほうがいいだろう。初対面でそんな話をしたら、〝敵認定〟されかねない。

自分が美香の立場ならきっと不信感を抱く。

「ねえ」

美香の声に苛立ちが混じる。

「……見かねたものだから、つい」

曖昧に答えるしかなかった。

「ふーん」美香は目を細め、幸子の全身を眺め回した。「ただのお人好し？」

「お人好しかは分からないけど……」

「普通、こんな状況に首、突っ込まないでしょ。しかもさ、万引きした赤の他人の味方してさ」

「その……あなたが悪い子には見えなくて、衝動的に助けに入っちゃったの」

美香は鼻で笑った。

「ぱっと見ただけであたしの何が分かるわけ？」

挑発的に言う。だが、どこか自虐的なニュアンスも籠っていた。

「あんた、教師か何か？」

「……いいえ」

「政治の活動とかしている人？」

「いいえ」

「NGOとか、ボランティアとか、悩み多き弱者を救ってあげたい人とか？」

「いいえ」

「じゃあ、何？」

「私は――普通の事務員よ」

「……あっそ」美香は無関心そうにそっぽを向いた。「あたし、綺麗事ばかり吐いて、『あなたたち被害者や弱者のために手を差し伸べています』って顔で近づいてくる人間、大嫌いだから」

彼女の心の奥を垣間見た思いだった。

美香の過去を知らなければ、世の中に反発したがる思春期の若者特有の言動だと感じただろう。しかし、過去を知っている者には、一家心中後の彼女の生活を想像させられる。

「手を差し伸べられなきゃならない事情でもあるの？」

一歩踏み込んでみた。

その瞬間、美香の顔に険しさが宿った。

「……あんた、何か知ってる？」

疑り深そうな眼差しで見返され、心臓が騒ぎはじめた。不用意に踏み込みすぎたことを後悔しても遅い。

「何かって？」

「何かは何か」

「ごめんなさい、何の話か……」

困惑してみせるしかなかった。わざとらしく聞こえなかっただろうか。

美香は表情を和らげはしなかった。

「普通の人が急に現れて、こんなに食いついてくる？」

勘が鋭いというより、周りから必要以上に気遣われたり、腫物を触るように扱われたりしすぎて過敏になっているのだろう。

「……お節介しすぎたみたい」

神妙な口ぶりを繕った。

美香は口元を緩めた。

「じゃ、もう不要だから」

拒絶するようにさっと背を向け、歩いていく。

「ど、どこへ行くの？」

背中に呼びかけると、美香は立ち止まり、黒髪を揺らしながら肩ごしに振り返った。

「行きたいところへ行くんだけど、まだ何か用？」

「用ってわけじゃないけど、気になったものだから……」

「ふーん。あたしは別にあんたに興味はないから」

挑発的な言動は一家心中の過去を引きずっているからだろうか。

美香は先ほどのコスメショップの隣店に足を踏み入れた。アクセサリーショップだ。棚にはきらびやかな商品が陳列されている。ネックレスや指輪、ブレスレット、チョーカー、イヤリング——。

幸子は漠然とした予感を抱き、彼女の後を追った。

美香は店内の商品を物色していた。女子高生がアクセサリーに目を輝かせているという感じはなかった。ときおり、天井の防犯カメラを見上げている。

まさか——。

声をかけようか迷ったとき、美香がちらっと横目でこちらを見た。一瞬だけ目が合う。再びそっぽを向く瞬間、彼女の唇が挑発的に吊り上がったのを見逃さなかった。

不安感が増していく。

それはすぐに的中した。

美香は安物のブローチを手に取ると、ためらいなくスカートのポケットに突っ込んだ。

「ちょっと!」

幸子は彼女に駆け寄ると、手首を鷲摑みにした。美香が鬱陶しそうに振り返る。

「何なの？」

「駄目！」

店内で目立たないよう、それでいて語調鋭く言った。

幸子は美香の手首を引き上げた。ポケットから出された手にはまだブローチが握り締められていた。無理やり手を開かせ、商品を取り上げる。

「何で邪魔するわけ？」

「何でって——見ちゃったら止めるしかないでしょ」

——あなたは私なんだから。

美香は無言で手のひらを差し出した。

幸子は首を傾げた。

しばらく見つめ合うと、美香が嘆息と共に言った。

「返して」

「……返したら万引きするんでしょ」

「悪い？」

「悪いに決まってるでしょ」

「あんたには何も関係ないのに？」

「関係あるとかないとか、そういう問題じゃないでしょ」

「もうさ、放っておいてくれない？」

投げやりな言いざまだった。

彼女は一体どんな人生を歩んできたのか。傷だらけになり、人生そのものに希望を抱けなくなったのかもしれない。一種の破滅願望を抱えていて、奈落に向かって落ちていくことが救いになっているのではないか。

自分が彼女と同年代のころはどうだっただろう。児童養護施設で先生を困らせてばかりいた。両親への怒りを抱え、自暴自棄になっていた気がする。

「悪いけど、万引きはさせられない」

決然と言った。

美香は「あっそ」と吐き捨てるや、目の前の棚からネックレスを手に取り、またポケットに突っ込んだ。

「み――」

危うく『美香ちゃん』と呼びそうになり、寸前で言葉を呑み込んだ。

「何？」美香はあざ笑うように言った。「別に商品はそれだけじゃないし」

「……いつもこんなことしているの？」

「だったら？」

万引きへの躊躇のなさを見るかぎり、初犯ではないと分かる。

「捕まったのは今日が初めて？」

美香は自虐的な薄笑いを浮かべた。

前にも捕まったことがあるのか。

「そのときはどうしたの？」

「……お父さんが呼び出されたけど？」

確実に人生を棒に振ろうとしている。彼女の過ちを正しいほうへ引き戻してくれる人間は周りにいないのか。

「お父さんは心配していたんじゃない？」

美香が顔を背けた。

「別に。呆れてただけ。お父さんはあたしに興味ないし。昔から」

どこまで本当なのか。手紙の中の父親は、何よりも美香のことを最優先する、と語っていた。簡単に見捨てるとは思えない。あれから早くも変わってしまったのだろうか。

傷だらけの子供がどんなに投げやりになっていても、無償の愛を注ぎ続けるのはきっとエネルギーを使う。子供が応えてくれなかったらどんどん疲弊していく。

父親は疲れ切ってしまったのかもしれない。

先にぽっきり折れてしまったのが父親だったら、美香は放り投げられたように感じただろう。

「……お母さんは？」

幸子は自然な声色を意識して訊いた。

この会話の流れで母親に触れないのはむしろ不自然で、下手に避けたら疑われてしまう。一家心中のことを本当に知らない人間であれば、悪気なく母親について訊くはずだ。

美香は顔を強張らせた。質問の真意を探るような眼差しを向けてくる。

幸子は努めて表情を変えなかった。挙動不審にならないよう、注意しなくてはいけない。

やがて、美香はどうでもよさそうに答えた。

「母親はいない」

どこまで踏み込むべきか。一家心中を知らない人間ならどのように反応するだろう。

「ごめんなさい。知らなくて――」

亡くなったと誤解したように装った。『いない』と言われたらそう受け止めるのが自然だろう。

美香はまた自虐的な薄笑いを浮かべた。

「生きてるよ。子供たちを捨てただけ」

捨てた――か。事情を何も知らない人間の質問を躱すには、一番シンプルな答えだ。そう言われたらこれ以上の追及は難しい。誰もが勝手に訳知り顔でうなずき、引き下がるだろう。

幸子もそうした。

「複雑な事情があるのね……」

同情の響きは、意識的に込めなくても充分すぎるほど籠っていた。彼女に話しかける行為は、ある意味自分を救おうとするようなもので、過去の自分への言葉だった。

「そう。複雑な事情があるってわけ」

幸子はうなずくことで共感を示した。何となく事情は察したからもう踏み込みません、という暗黙の了解――。

それは共通認識だと思っていた。

だが――。

「家族を殺して刑務所に入った」

踏み込んできたのは美香のほうだった。内容ではなく、そのこと自体に驚き、幸子は目を瞠った。

美香は満足げに笑いを漏らした。それで分かった。彼女はきっと今までもお節介な人間にはこんなふうに振る舞ってきたのだ。自ら傷だらけになりつつも、相手をたじろがせることで歪んだ満足感を得ている。

一種の自傷癖に似ている。だが、気持ちは痛いほど共感できる。自分には何の罪もなくても、罪悪感が付き纏い、それを振り払う術を知らないから露悪的に振る舞ってしまう。

沈黙を動揺と捉えたらしく、彼女は見下すような目をした。

「あたしに関わったら後悔するよ」

普通ならここで尻込みするだろう。しかし、彼女から一線を越えてきてくれたのはありがたい。

「家族を殺したって――何?」

下種《げす》な好奇心で食いついたように聞こえないよう、口調には細心の注意を払った。

引き下がらなかったことが意外だったらしく、美香は若干戸惑いを見せた。

「……そのまんまの意味だけど?」

鬱陶しそうではあるものの、完全な拒絶ではなかった。

「何があったの?」

美香は余裕を取り戻したのか、また挑発的に微笑した。

「これを聞いても首を突っ込むんだ?」

――あなたは私と同じだから。あなたを救うことは私の過去を救うことでもあるから。

「あなたを助けたい」

「赤の他人なのに？」

「……ええ。放っておいたら万引きを続けるんでしょ？」

美香は軽く肩をすくめた。

「だったら放ってはおけないでしょ」

切実な想いを込めて言った。

「教師とかカウンセラー以外で踏み込んできたの、あんたが初めて。私が告白したらみんなドン引きする」

人は自分と違うものに潜在的な恐れを抱く。誰もが他人を自分の狭い世界の常識に当てはめようとする。はみ出している人間の存在を認めることができないのだ。

違いを認めて多様性を大事に——なんて綺麗事で、常日ごろからそんなふうに口にしている人間ほど、自分と相反する考えを認められない。同じ思想や思考の者同士で集まり、排他的で、攻撃的だ。

そんな連中は嫌というほど見てきた。

多様性の重要性を呪文のように唱えている時点で、自分の絶対的な理想を持っているから、多くの事柄に譲れないものがあり、他人を自分の思想に合わせて〝矯正〟しようとする。一家心中の生き残りという過去を語ったとき、自分を善人だと心底信じ込んでいる連中には、〝哀れで弱い被害者〟であることを求められた。そんな人間を救う〝正しい自分〟に酔いしれているのだろう。彼らの意に反する態度をとったら、とたんに失望され、それこそ裏切り者の敵のように扱われた。

弱者の味方面する人間は、誰も救ってはくれなかった。立ち直りかけても、『あなたは私たちが守ってあげなければいけない可哀想《かわいそう》な弱者なの』というスタンスで彼らの理想の被害者像を押しつけられた。

まるで彼らは弱者や被害者がいなくなれば、自分たちの存在価値がなくなる、と恐れているかのようだった。だから、手を差し伸べた相手が〝理想の弱者〟や〝理想の被害者〟ではない、と分かったとたん、手のひらを返して去っていく。そして、別の弱者や被害者を探し求め、また仮面の笑顔と綺麗事ですり寄っていく。

そんな連中の蜘蛛《くも》の巣に捕らえられた人間は哀れだと思う。決して逃げられず、彼らが飽きるまで〝理想の弱者〟や〝理想の被害者〟であることを強いられる。立ち直ることを許されない。ただただ、彼らの自己満足と快感のために消費されていく。いつしか、自分は手を差し伸べられなければ一人で歩くこともできない弱者や被害者なのだ、と思い込むようになり、気づけば、助けがなくては何もできない人間になっている。事あるごとに自分の〝弱さ〟や〝被害〟を叫ぶようになっている。

むしろ、本気で支えようとしてくれたのは、弱者や被害者の味方を自負していない、ごく普通の友人・知人だった。美香と違って過去を吹聴《ふいちょう》しなかったものの、何かの拍子に知ってしまった彼らは、困惑しながらも一生懸命、自分に何ができるか考えてくれた。

中には、その重さに耐えられなくなり、気まずくなって疎遠になった者もいる。当時は失望し、反発を覚えたものだった。薄情者と胸の中でなじったこともある。だが、今になって思えば、彼らの反応は正直だったように思う。〝理想の弱者〟や〝理想の被害者〟を押しつけられなかった分、気は楽だったかもしれない。

「座って話さない？」

幸子は、ガラスの壁の前にある休憩用のベンチを指差した。朱色のカバーが被せられている。

「……いいよ」

美香は先に歩きはじめた。ベンチに腰を下ろす。

幸子は少し距離を空けて隣に座った。美香の横顔を見つめ、切り出した。

「さっきの話だけど……」

美香はしばらく前を向いたまま、唇を結んでいた。やがて、前を向いたまま言った。

「母親はお父さんと離婚した後、一家心中を図ったの」

幸子はわざとらしくならない程度に息を呑んでみせた。今度は美香の顔に満足感は表れなかった。

「……車で崖から飛び出して海へ真っ逆さま。妹たちは死んじゃった。そのくせ、本人はのうのうと生き延びちゃってさ。本能的に生きようとしたんだと思う」

幸子は黙ってうなずくにとどめた。前を向いている美香にその仕草は見えなかっただろう。彼女はお構いなしに続けた。

「身勝手だと思わない？　小さな妹たちは、いきなり海に放り投げられたらもうどうしようもないのにさ。母親だけ——泳げる大人だけ一人で助かって。あたしは何が何だか分からなくて、真っ暗な水の中で溺れてもがいて、気づいたらテトラポッドにしがみついてた」

「助かった後、お母さんには会った？」

美香は小さく首を振った。

「どうして？」

「どんな顔をして会えっていうの？　あたしたちを殺そうとした母親だよ？」

「そう——ね」

心から共感できた。自分自身、もし両親が生きていたら、とても会いたいとは思わなかっただろう。殺されそうになった子供にとっては心中も殺人に違いない。本来は自分たちを守ってくれるはずの相手に命を奪われそうになった、という現実は、親が後でどう言い繕おうとも、信頼関係を粉々にし、関係性を一変させてしまう。

「お母さんはその後どうなったの?」

「……刑務所に入ったよ。当然じゃん。殺人罪」

「今も刑務所?」

白々しい口調にならなかっただろうか。少し心配したものの、美香は不審がることもなく答えた。

「もう出所してる。仮出所ってやつ?」

「そうなの……」

「そう」

「万引きを繰り返すのは、その……当てつけなの?」

美香は話を断ち切るように「さあ?」と答えた。明らかに口が重くなったのが分かる。デリケートな心情には土足で踏み込まれたくないのだろう。その気持ちはよく理解できたから、幸子は話を替えた。

「今はどう? お母さんには会いたい?」

同じ過去を背負う者として、どうしても聞いてみたいことだった。母親への反感は言葉の端々から窺えるが、どれほど憎しみが強いのか、率直な想いを知りたい。

美香は数秒、間を作った。

「……そうだね。会いたい」

意外な答えだった。

「本当に？」

重ねて聞くと、美香はこちらを向いた。彼女は想像に反して苦しみに彩られた眼差しをしていた。

「本当だよ」

「会って――どうするの？」

「……どうすると思う？」

意味ありげに聞き返され、答えられなかった。

母親を恨んでいるの？　だったら、もしかして――。

復讐。

頭に浮かんだ単語に自分で戸惑った。なぜならそれは自分の心そのものだったから。

自分ならきっとそう考える。

だからこそ、口にすることはできなかった。ためらいもなく肯定されたらどう反応すればいいのか分からない。

「何か怖いこと、考えてる？」

美香は真っすぐ目を見返してきた後、そっぽを向くように前方を見やった。

話す気はない、ということか。

まさか刑事事件になるようなことは考えていないとは思うものの、心配になる。

「でも――」美香は地面を睨みながら言った。「どうしても母親の居場所が分からないの」

――居場所は知っている。あなたの母親は入院中よ。

伝えたらどうなるだろう。

同じ立場の人間としては、美香の味方をしたい。雪絵と対面する仲立ちをしたらどうなるか。もしかしたら、取り返しがつかない結果になるかもしれない。

「お父さんはお母さんの居場所、知らないの？」

「さあ。お父さん、裁判にも行ってないし、母親の話は不機嫌になるから」

少なくとも、雪絵のほうは二人の住所を知っている。たぶん、一家心中後に知ったわけではなく、離婚したときから元夫がずっと暮らしている団地だから知っていたのだろう。

考えてみれば、雪絵が元夫と手紙を交わしていたのは服役中だ。出所後は誰にも居場所を伝えなかったのだ。

「ねえ」美香が言った。「あんた、そういうこと調べてくれる人、知らない？　ほら、探偵とか」

「……ごめんなさい。私、そういう方面には疎くて」

「あっそ」

美香も本気でつてがあるとは思っていなかったのだろう、特に落胆した様子もなく、話を終えた。そして——ベンチから立ち上がる。

「じゃ」

幸子は「え？」と彼女の背中を見上げた。「どうしたの？」

「話しすぎちゃったし、もう帰る」

「急にそんな——」

「なんか、あんた、今まであたしを助けようとしてあれこれ理想を押しつけてきた連中と違う気がして、初対面なのについ喋っちゃった」

「抱えていること、全部話してくれてもいいのよ」

「もういいよ。しらけちゃった」

「もう万引きは——」

「しないよ、今日は」

「今日はって……これからもしちゃ駄目」

美香が振り返る。

「あんたに関係ある？」

ある、と答えられないことがもどかしい。

「関係はないけど、道を踏み外してほしくないの」

美香は小馬鹿にするように鼻を鳴らしたが、まんざら反感や敵意ばかりではないようだった。

幸子は訊いた。

「また——会ってくれる？」

美香は即答しなかった。それは突っぱねることをためらっている証拠でもあった。

「お願い」

切実な響きが籠った。

美香は「どうして？」と訊いた。

「私にってはないけど、どうしてもお母さんを見つけたいなら捜す手伝いができるかもしれない」

すぐには無理かもしれない。入院中の雪絵に対面させるのはさすがに残酷すぎる。

退院したら——引き合わせるかどうか、考えよう。

「……本気で言ってんの？」

「それがあなたを救うことなら」

美香は本気度を測るような眼差しで見返してきた。幸子は目を逸らさなかった。

「……あたしは美香。連絡先を教えてくれたらメールする」

14

「娘さん、今は別れた旦那さんと暮らしているんですよね」

幸子は病室で雪絵に訊いた。雪絵自身が語ったことだから、手紙の盗み読みはバレないだろう。

「親権を取り返された形になって……」

「本当に会いたくないんですか？」

雪絵は顔に表れる苦悩の度合いを強めた。

「……服役中に手紙も届いたけど、受け取りは拒否したの。怖くて怖くて、どうしようもなくて」

美香は手紙を送っていたのか。何が書かれていたのだろう。元夫とは獄中で手紙を交わしていたくせに、娘の手紙は読まなかったという事実に反感を覚える。

同じ立場の自分は、〝加害者〟の両親に死なれ、怒りと憎しみのぶつけ先を失った。だが、美香には感情を全てぶつける相手がいる。生きている。

「どうして急にそんな話をするの？」

「……ごめんなさい」幸子は誤魔化した。「二人が関係を修復できたらいいのに、と思ったものだから」

雪絵のためではなく、美香のために。

関係を修復できたら——というのは表向きの綺麗事で、実際はただただ美香が救われてほしい、と思っていた。

復讐心を抱いているであろう美香を想う。〝加害者〟に感情をぶつけねば、一生囚われてしまう。

雪絵は、ふっと諦念が籠った息を鼻から吐いた。

「修復なんて、とても」

「……雪絵さんは娘さんと会って話すべきなんじゃないですか」

雪絵は目を壁に逃がした。

「向こうだって、自分を殺そうとした母親には会いたくないでしょ」

殺そうとした——か。

そう、彼女は無理心中が殺人だと自覚しているのだ。そういえば、手紙の中でも、心中と無理心中の違いに触れていた。少なくとも、心中という言葉を自己正当化や弁解に使っていないことには、安心した。

「向こうは会いたいと思っているんじゃないですか」

恨みをぶつけるために――。

雪絵が怪訝そうに訊いた。

「なぜそう思うの？」

「……娘さんの気持ちを想像したんです」

雪絵が呆れ顔でかぶりを振る。

「あたしなら絶対に会いたくないから」

たぶん、彼女と自分では想像している〝会いたい理由〟が違う。真実を隠しているから仕方がないとはいえ、もどかしかった。

「感情をぶつけないと、前に進めないんじゃないかって思うんです」

遠回しに答えた。

雪絵は若干小首を傾げた。

「あたしに憎しみをぶつけたい、ってこと？」

「……憎しみかどうかは分かりません。ただ、胸に抱えている想いは、溜め込んだままだと澱《おり》になって、一生、囚われてしまいますから」

自分自身、十七年が経ってもいまだ忘れられず、何とか忘れたふりをしていても、何かのきっかけで事件を想起させる引き金《トリガー》が引かれたとたん、記憶が生々しく蘇ってくる。それは感情をぶつける相手がいなかったからだと思っている。

自分に親が生きていたら、また違っただろう。

だからこそ、今、雪絵を〝代償〟にしようとしているのだ。筋違いだと分かっていても、感情は抑えられない。感情なら充分すぎるほど長く抑え込んできた。

「あなた——何か傷を抱えてるの？」

母親が子供の打撲痕を撫でさするような口調だった。思わず正直に告白してしまいそうになる。

——そうです、私は傷だらけです。

自分でも血がしたたり落ちるような傷がまだ残っていて、日に日にその傷口が広がり続けている事に今の今まで気づかなかった。一度気づいてしまったら痛みに無自覚ではいられなかった。

「……三十年近く生きてきたら、誰だって傷の一つや二つ、抱えているものじゃないですか」

一般論で逃げた。雪絵がそれで引き下がってくれることを期待して。

「そう——ね。でも、だったらなぜあたしを助けたの」

だが、雪絵も美香のように踏み込んできた。

「それは……」幸子は言いよどみながら答えた。「ただ、痛々しそうに見えたから、放っておけなくて」

「……あたしの傷、想像できた？」

「いいえ」

「あたしが過去に何をしたか、知ったときに離れなかったのはなぜ？」

答えられない質問だ。

「告白を聞いたときは、正直言えば、衝撃でした。でも、何となく、ここで見捨てるわけにはいかないと思ったんです」

心にもない台詞。

白々しさに自分でも呆れてしまう。

雪絵は猜疑《さいぎ》の眼差しのままだった。言いわけじみた説明を心からは信じていないことが分かる。

曖昧な部分を残したまま関係を続けるのか、それとも、本音をつまびらかにするまで追及を続けて関係を終わらせるのか。全ては雪絵次第だった。

幸子は黙って彼女の反応を待った。

沈黙が続くと、閉じた扉の向こう側から看護師のシューズの音やキャスターが滑る音、患者同士の会話など、喧騒《けんそう》が耳に入ってくる。それがなおさら病室の静けさを強調していた。

「……あなたはあたしを救ってくれるの？」

幸子は一瞬、自分の頬が引き攣るのを感じた。

――救ってほしいのは誰よりも私なのに。

自分の子供たちを殺したあなたがなぜ救いを求めるの？

むしろ、生き残った子供の感情を受け止めて救済する義務があるのではないか。

「私に何ができるんですか？」

訊き返すと、雪絵の顔に困惑が浮かんだ。

「分からない。でも――」雪絵は視線を落とした。「あたしは救われたい」

なんて自己中心的な考えなのだろう。一家心中の〝加害者〟が第一に思いやるべきなのは、生き残ってしまった娘のことではないか。美香がどれほど苦しんでいることか。彼女は塞ぎきれない傷を抱えたまま、溺れるような毎日を送っている。

親の事情による一家心中なら、親を恨むしかない。自分がそうだった。郷田という〝元凶〟が現れるまでは、すでに感情をぶつけられないところへ行ってしまった両親をひたすら憎んで生きてきた。

「私には――」幸子は感情を掻き乱されたまま答えた。「あなたを救えません」

言い切ると、雪絵は予期していたとおりの言葉を貰ったように、どこか諦め切ったほほ笑みを浮かべた。

15

真っ赤な彼岸花が冷たい風にそよいでいる。炎と血を連想させる花は相変わらず毒々しく、『死人花』の別名に相応しかった。

幸子は墓地にぽつんと立ち尽くし、家族の墓石を睨みつけていた。墓地の管理者が定期的に掃除しているのか、墓の周りの雑草はこの前より刈られていた。真新しい菊が供えられているのは、美奈代先生がまだ墓参りに来てくれているのだろう。

過去の悪夢を振り払うには、どうすればいいのか。

美香と話してから頭に棲《す》みついていた言葉——。

復讐。

そう、自分にも復讐の対象が存在したのだ。家族がここに眠っているのは——郷田のせいだと分かった。郷田が両親を追い詰めた。三人の子供を巻き添えにして死を選ぶほどまで。

腹の奥底に熱が溜まっている。

復讐すればこの呪わしい苦痛から逃れられるだろうか。家族を取り返すことがもうできないなら、区切りをつけるためにも、今までの憎悪をぶつけたい。

幸子は深呼吸し、冷え冷えとした空気を吸った。体内が冷酷に冷え切っていくようだった。

家族の墓を前にしたとき、自分が何を望んでいたか、ようやく心の奥底の本音に気づいた。

自分が過去の悪夢に囚われたまま振り払えなかったのは、一方的に理不尽な目に遭ったのに、そのときの感情をぶつける相手がこの世に存在していなかったからだ。家族を殺した殺人犯がその場で射殺されてしまっていたら、きっと遺族はこんなやり場のなさを噛み締めるのではないか。

罪には相応しい罰が下ってこそ、終わりを迎えるのだとしたら、〝加害者〟の死に逃げは〝被害者〟を一生苦しめる。今までは亡き両親を心の中で責めるしかなかった。それは、両親を〝加害者〟だと思っていたからだ。

今は違う。

憎むべき相手が現れた。本当の〝加害者〟が現れた。運命に導かれるように――。

両親を一家心中に追い込みながら、直接手を下していないという理由で何の罪にも問われず、いまだに債務者を苦しめ、また自殺者まで出した郷田。

こんな不公平なことがあるだろうか。

幸子は彼岸花に目を移した。

見つめているうち、花の毒が全身に染み込んでくるように思えた。憎悪という感情と共に血液の中を巡っていく。

自分の中にこれほど強い感情が存在するとは、思いもしなかった。思い返してみれば、物心ついてからは、他人を憎み、攻撃するようなことはなかった。児童養護施設で先生たちに反発したり、疎外感から施設の仲間に素っ気ない態度を取ったりすることはあったが、今の感情に比べたら大したことはない。

――仇《かたき》はとるから。

幸子は墓前に誓い、背を向けた。次に来るときは、みんなの無念を晴らした報告ができる日になるだろう。

復讐こそ自分の悲願なのだ。

復讐――。

郷田に復讐するといっても、一体どうするのか。

幸子は帰宅してからも薄暗い部屋に閉じこもり、自問自答を続けた。明かりを点けたら、体内を流れる憎悪の毒が弱まってしまう気がして、カーテンも引いている。

郷田の執拗で悪質な取り立てが両親を一家心中に追いやり、自分たち家族の人生を狂わせた。正直、両親の無念を思えば、殺しても殺したりないほど憎い。だが、だからといって自分に相手の命を奪うほどの覚悟はない。

もし、押すだけで人の命が奪えるボタンが目の前にあれば、迷いなく押しただろう。そんなふうに考えてしまうのは、自分の中にまだ理性が残っている証拠だと思う。

自分はどんな結果を望んでいるのか。

郷田の死を望んでいるのか、それとも――。

他人を精神的に追い詰め、自殺させた人間はなぜ殺人罪に問われないのか。罪に問われていたならば、復讐心を募らせずにすんだかもしれないのに――。

両親がつけてくれた名前のように、ただ幸せになりたいだけだった。ささやかな幸せが欲しかった。

それなのに――自分はいまだ過去に囚われていると気づいてしまった。半ば無意識のうちに避けていた火を目の当たりにしたとたん、あの夜の炎がフラッシュバックした。

自分はなぜ幸せになれないのか。

常に疑問だった。それは過去を振り払えていないからだ。まだ立ち直っていないからだ。

人生を取り戻すには——やはり呪縛を断ち切るしかない。そのためには復讐する。郷田に。

覚悟を拳に握り締めたとき、電話が鳴った。薄闇の中で点滅するランプを頼りに携帯を探し出し、手に取った。表示されていたのは雪絵の名前だった。

幸子は出るのをためらった。

彼女の声を聞いたら迷いが生まれるのではないか。実の娘の美香に憎まれている〝加害者〟だ。もし少しでも同情してしまったら——。

メロディは鳴り続けていた。

幸子は深呼吸し、電話に出た。

「もしもし？」

「あっ、幸子さん？　あの……あたし、今日退院するものだから、こうして連絡を」

「……どうして私に？」

——私に何か要望でもあるんですか？

思わず訊きそうになった。

「どうしてって——」雪絵の声が困惑に揺れた。「入院中は幸子さんにお世話になったから、お礼を言いたくて」

お礼——。

邪推してしまったことを後悔した。

「別にお礼なんて――」

言われたら心が揺れる。

「ううん。あなたがいなかったらあたしは今ごろ死んでた」

彼女は『助けられた』と思っているのか。首を吊る彼女を助けに動けなかったことに気づいていないのだろうか。あの瞬間、確実に目が合ったのに――。

見殺しにしようとした、と思われていても不思議ではない。彼女が本当に感謝しているとしたら、あのときは意識が朦朧としていて記憶が曖昧なのかもしれない。

「ありがとう……」

雪絵は他意がなさそうな口調で言った。

今にして思えば、紐が切れて彼女が命拾いしたのは運命だったのかもしれない。

雪絵は一家心中を図った者として、生き残った美香の苦しみや憎しみを受け止める義務があるのだ。それまでは決して死んではいけない。

幸子は曖昧に「いえ……」と答えるに留めた。口数が多くなると、余計なことを言ってしまうかもしれない。特にこっそり美香に会ってしまった今となっては、言動に細心の注意が必要だ。

「また――会ってくれる？」

不安が滲み出た口調だった。

美香と引き合わせようと考えている現状だと、願ってもない話ではあるものの、彼女がなぜ縋るように自分を求めるのか理解できなかった。こちらが雪絵に好意的な感情を抱いていないことは気づいているはずなのに、なぜ？

会っても気持ちよくはなれないだろうに……。むしろ、一家心中の罪を常に意識させられるのではないか。

幸子は慎重な口ぶりで「もちろんです」と答えた。

「ありがとう……」

雪絵は礼を繰り返し、電話を切った。

幸子は詰まっていた息を薄闇の中で吐き出した。携帯を握る手は思いのほか汗で濡れていた。

スカートで手汗を拭ってから、郷田のことを考えた。

復讐。復讐。復讐。復讐――。

自分はどうするつもりなのか。過去に決着をつけ、前を向くには郷田がどうなればいいのか。

死までは望んでいない。社会的な破滅か？　郷田が社会的な地位を失えば満足なのか？　納得できるのか？

分からない。

だが——。

郷田の悪辣ぶりは周知したかった。

今でも債務者の自殺の件でマスコミからは非難されている。しかし、不充分だ。郷田は、自殺した債務者の問題点を暴露し——金を借りておきながらギャンブルに注《つ》ぎ込み、生活は破綻していたという——、相手に非があったように見せかけている。

おそらく、金融関係の法律が整ってからは、慎重かつ巧妙に立ち回っているのだろう。マスコミからも新たな報道は出てきていない。こういう場合、大抵は記者たちが身辺を嗅ぎ回り、ずっと知られていなかった不正や脱法行為が白日の下に晒されるものではないのか。そして総バッシングが起こる。

脛《すね》の傷が見つかっていないということは、長年、法律違反に注意してきたのだろう。

だが、遡れば、両親を一家心中まで追い詰めた罪がある。法律上は時効を迎えているのだとしても、道徳的には責めを負うべきだ。乱暴な取り立てで両親の精神を壊した事実は消せない。

名乗りを上げて一家心中事件を暴露したらどうだろう。そうすれば、今回の債務者の自殺もやはり郷田に非があるのではないか、と誰もが考えるようになる。

とはいえ、十七年も前に幼い少女が覗き見た現場を語っても、果たしてどこまで信《しん》憑性《ひょうせい》があるか。もしかしたら、借金の事実すら出てこないかもしれない。郷田に否定されたらそれで終わりだ。借用書の類いもないだろう。したたかな郷田のことだ、一家心中との関わりを隠滅するため、処分してあるに違いない。仮に借用書が残っていたとしても、郷田が提出するはずもない。結局のところ、借金の事実を証明するのは不可能だ。

自分が一家心中を――両親の放火を証言していなかったら、と思う。郷田は誤認逮捕で罪に問われたかもしれないのに……。

幸子ははっと彼の言葉を思い出した。

――あのときは放火殺人の疑いで取り調べられたからな。

当時、郷田は放火殺人を疑われている。警察は彼に殺人の動機があると考えたのだ。保険金で借金を返済させようとしたのではないか、と疑ったのだと思う。つまりそれは、郷田が両親に金を貸して激しく取り立てていた事実を摑んでいたということではないか。

警察なら一家心中と郷田の繋がりを証明できるかもしれない。

希望が胸に宿る。

だが、一方で警察を頼ることにためらいもあった。自分は復讐という、決して法的に許されないことを考えている。警察と接点を持てば、自分に不利な状況が生まれないだろうか。たとえば、復讐を実行した後に。

幸子は丸一日悩んだ。

当時の所轄署に出向いたのは——翌日の仕事帰りだった。

16

真昼の太陽の下、風が公園の落ち葉を舞い上げていく。目に見えない箒《ほうき》で掃かれているようだった。

幸子は公園灯のあるベンチの前で待った。

約束の時間を五分すぎたとき、向こう側からハンチング帽の老人が近づいてきた。

「山上幸子さん？」

幸子は「はい」とうなずいた。

「……どうも。伏見《ふしみ》です」

ハンチング帽を脱いで軽く辞儀をし、また被る。

当時住んでいた地区の所轄署を訪ね、一家心中事件の関係者だと告げ、担当だった捜査官について訊いた。むげに扱われることなく、警察官はちゃんと調べて教えてくれた。事件を捜査した担当捜査官はもう退職しているという。

連絡先を教えてもらい、電話した結果、会う約束を取り付けた。

「大きくなりましたね」

伏見は感慨深そうに言った。

「十七年も経ちましたから」

伏見はベンチを一瞥した。

「座りましょう。この歳《とし》になると、腰も膝もガタが来てしまって……」

幸子は伏見と隣り合って座った。彼は、地面をカサカサと走る落ち葉を見つめながら静かに口を開いた。

「不幸な事件でした。連絡してこられたということは、まだ囚われているんですね」

見抜かれている。

「……はい」

伏見はまぶたを伏せ気味にし、一人で納得するように顎を動かした。横顔には憐憫《れんびん》の情が窺えた。

「私に訊きたいことがあるとか」

「……はい」

「何でしょう」

遠回しに探りを入れるか、単刀直入に踏み込むか。数秒、思案した結果、言葉を濁しながら話すことにした。

「両親が一家心中したとき、一時《いっとき》は放火殺人も疑われたと聞きました」

さすが元捜査官、唐突に切り出されても驚きを見せず、ただ黙ってうなずいただけだった。

「借金取りの男が疑われたんですよね」

伏見は小さく息を吐いた。

「初動捜査ではあらゆる可能性を疑うものです。あなたの証言があり、事件性は否定されました。何か記憶違いでもありましたか？」

「……いえ」

残念ながら両親が家族に睡眠薬を飲ませ、家に火を点けたのは否定できない現実だ。郷田は何の罪にも問えない。

「そうですか」伏見が言った。「では、今になって何が気になるのでしょう？」

「警察が疑ったのは――郷田って男ですよね」

言動に慎重になっているのか、伏見は即答しなかった。

「隠さないでください。知っているんです。本人から聞いたので」

「……そうです」

「郷田は両親を追い詰めたんです。執拗に取り立てに現れて、怒鳴って、土下座させて……。彼の顔を見たとたん、当時の記憶が蘇ってきました。両親は本当に追い詰められた顔をしていました。毎日苦しんでいたんです」

「つらい記憶というものは、忘れたと思っていても、実は心の奥深くに刻まれているものですから」

実感が籠った口調だった。

「職業柄、多くの被害者や遺族を見てきました」

「郷田は――のうのうと金融業を続けています。両親を一家心中に追いやったことなんか、なかったことにして」

伏見が振り向いた。目が合う。

「何がおっしゃりたいんですか？」

幸子は彼の瞳を真っすぐ見返した。

「郷田の罪を世の中に周知させたいんです。なかったことにされたら、あまりに両親が報われなすぎます」

「憎しみ――ですか？」伏見は数秒、下唇を嚙み締めた。「私は妻が犯罪に巻き込まれ、命を落としました」

唐突な告白に心臓がきゅっと引き締まった。

「当時は打ちのめされました。しかし、息を引き取る前に妻が遺した言葉が私を救ってくれました。『犯人を責めても自分は責めないで。憎しみと悲しみで人生を失わないで』。立ち直るまでには長い月日を必要としましたが、それでも時が癒してくれました。妻の墓前に憎しみの言葉じゃなく、楽しかったころの思い出を語れるようになったんです。妻も喜んでくれていると思っています。やはり、墓参りのたびに呪詛を聞かされたら成仏もできないでしょう」

そうなのだろうか。分からない。彼は年齢を重ねているからそのような境地に達したのだろう。

「無残に殺された者に憎しみを語るのは、生き残った者の自己満足かもしれない、と最近は思うようになりました。誰かを悪や敵として憎めば、自分自身の罪悪感に目を向けなくて済みますから」

諭すような口ぶりだった。

だが——。

割り切れない思いがある。

「奥さんを殺した犯人は——?」

「逮捕され、服役しました。もう出所しています」

遺族にとって納得できる刑罰かどうかは別にして、法律上は罪に相応しい刑を受けているのだ。だが、郷田は直接手を下していないというだけの理由で、罪を免れている。だからこそ、十七年経っても自分は納得できていないのかもしれない。

「両親が郷田に追い詰められた証拠は何もありません。幼かった私の記憶だけです。だから、伏見さん、証言していただけませんか。週刊誌の記者相手でもいいんです」

伏見は眉根を寄せた。

「私に復讐の手伝いをしろ――ということですか？」

幸子は間を置き、きっぱりとうなずいた。

伏見が残念そうにかぶりを振った。

「申しわけありませんが、私では力になれません」

「なぜ！」

「郷田さんがどのようにあなたのご両親を追い詰めたとしても、過去の言動で私刑による社会的制裁を与えることはできません。してはいけないことです。もちろん、時効が来ていない犯罪であれば、何年経っていてもきちんと裁かれるべきではありますが、それは法律に則って、です。それが法治国家です。法律上の罪に問われていない過去の言動で〝今〟を裁いてはいけないんです」

綺麗事だとしか思えなかった。

「で、でも！　SNS《ツイッター》なんかじゃそんな例、たくさんありますよね！」

過去の言動を引きずり出されて大問題になっている有名人は大勢いる。ツイッターやブログに残っている数年前の暴言が発掘され、世間から袋叩きにされ、社会から居場所をなくすまでクレームが相次いで仕事を失ったり……。

「私はSNSには疎く、ろくに使えませんが、そういうことが起こっているのは知っています。冷静で常識的なはずの著名人が嬉々《きき》として袋叩きを扇動していたり。私は正しいこととは思いません。いじめ問題においては、言葉も暴力だ、時に肉体以上に人を傷つける、許してはいけない、と誰もが言います。それなのになぜSNS上では、法律上の罪に問われたわけでもない人間に暴言をぶつけることが正当化されるのでしょう？　言葉が——暴言がもし石なら、と想像してみてください。誰かが人に石を投げつけているのを発見する。こいつは悪人だ、よし、寄ってたかって自分たちも石をぶつけまくれ——。こんなことが果たして正しいでしょうか？」

静かな口調で語られる言葉は重く、反論を呑み込ませるだけの強さがあった。

「被害者の——私の苦しみはどうでもいいということですか？」

語調を荒らげると、伏見は傷ついたような顔をした。

「……何かの被害に遭ったとき、腹を立てるのも、悲しむのも当然の感情です。苦しいのも当然です。しかし、憎しみからは決して平穏は生まれません。どうか、憎悪に囚われ、大事なことを見誤らないでください」

伏見の声は切実な響きを帯びていた。

17

郷田がしたことを知っている伏見に協力を断られたら、一家心中を引き起こした罪を周知させることはできない。

幸子は自室で拳を握り、噛み締めた唇を震わせた。

どうすればいいのか、丸一日考え抜いたときだった。家族の仇を取るには――郷田を社会的に破滅させるには、なにも両親の件を吹聴しなくてもいいのではないか、と思い至った。今の郷田は世間から反感を買っている状態だ。雪崩を起こすには大型爆弾がなくても、ほんの少しの衝撃があればいい。

だったら――。

幸子はさっそくツイッターのアカウントを取得した。

十七年前の罪は証拠がなく、時期も昔すぎるなら、直近の罪をでっち上げればいい。今の世の中なら、犯罪映画のような巨大な組織がなくても標的を悪人に仕立て上げられる。別に犯罪の証拠を仕込んだりする必要もない。

そう、〝被害者〟の言葉で充分だ。

皮肉にも、伏見と話したことで閃《ひらめ》いた手段だった。

苛烈な取り立てで両親が自殺に追いやられた罪だと、よほどの説得力と証拠がないかぎり、世論は動いてくれないだろう。それなら証拠がなくても大勢が無条件で味方してくれる罪を作ればいい。

幸子は『拡散希望』と文頭に付け、文章を綴った。何度も推敲《すいこう》し、説得力が出るよう練り上げていく。

『私は三年前、郷田金融の社長、郷田尚孝にレイプされました。テレビで彼の顔を見て当時の苦しみがフラッシュバックしました。耐え難い過去ですが、覚悟を決め、こうして告白することにしました。私は彼が許せません』

『当時、私は大学の奨学金の返済に苦しんでいました。幼少期に両親を事故で失っているので、自力で頑張るしかありませんでした。しかし、どれほど節約していても生活は苦しく、どうしてもお金が足りませんでした。そこで頼ったのが郷田金融です』

『郷田は「少しくらいなら返済が遅れても待ってあげるし、利息も最低限でいい」と言いました。今思えば浅はかでした。うぶだった私は、その甘い囁きを信じ、郷田が本当に私を助けようとしてくれている、と思い込んでいたのです。後々、どれほど自分の愚かさを責めたことでしょう』

『最初の三ヵ月は遅延もなく、返済していました。しかし、四ヵ月目、私は急病で思わぬ出費があり、返済が滞ってしまいました。私は郷田に謝り、「返済を待ってくれませんか」と懇願しました。郷田は「会って話そう」と言い、私のアパートへやって来ました』

『部屋に上がり込んだとたん、郷田は豹変《ひょうへん》しました。怯えてすくむ私に「返済できないなら最初から借りるな！」と怒鳴ります。私は「すみません。許してください」と謝り続けるしかありませんでした』

『それこそ郷田のやり口だったのです。弱みに付け込んで怒鳴り散らすことで相手を精神的な奴隷にしてしまうのです。郷田は「俺と寝たら待ってやる」と言い、襲いかかってきました。嫌がって抵抗しても力では敵いません』

『事が終わった後、ショックでしばらく立ち直れませんでした。私は何度も警察に行こうと思いましたが、借りたお金を返せなかったという負い目や、当然の羞恥があり、どうしても告訴はできませんでした。そのときに訴え出なかったことを後悔しています』

いわゆる〝性的暴行〟こそされていないが、セクハラ行為なら職場の社長から散々受けている。やめてください、と言えず、ずっと我慢してきた。嫌だった。その溜まった想いを郷田に転嫁するつもりで文章を打った。実際の体験や感情を誇張するだけだったから迫真性が出たと思う。

『郷田が債務者の一人を自殺に追い込んだというニュースを知り、彼がいまだ弱者を食い物にしていると知りました。私のような被害者が他にもいるかもしれません。これ以上被害者が増えないよう、こうして告白しています』

『レイプ』という人の感情に訴えかける強烈な単語を使った。同情を引きやすいように両親の死を語り、借金の理由も真面目なものにした。被害者として自分を責める苦しみも綴った。胸の内側で燃える復讐心を隠し、これ以上の被害を食い止めるため、という大義名分を告発の動機にした。

内容はデマに見えないよう、具体的に語ったし、悪徳金貸しにはありがちな〝犯《ストー》罪《リー》〟だから世間は信じてくれるはずだ。

『後から知ったことですが、彼の女癖の悪さは有名で、若い女性の債務者は注意が必要だったそうです。私は無知で、取り返しのつかない被害に遭ってしまいました』

幸子はそう付け加えた。

大事なのは証拠ではなく、〝断定的な口調〟だ。何の根拠もない話でもきっぱり言い切れば大勢が鵜呑みにしてくれる。『女癖の悪さが有名で』という部分は勝手な想像だが、断定したことで事実に見える。

『どの界隈で有名なんですか』

『あなたは誰から聞いたんですか』

『それは同じ性犯罪の被害者ですか』

もしそんなふうに追及されたら、答えられない。だが、人は信じたいものを信じるものだから、評判が悪い人間の悪業なら何でも無条件で信じてくれる。自分たちの批判をますます正当化できるのだから。

拡散されやすいよう、その手のハッシュタグをいくつも利用した。こうすれば、同種の発言に関心を持っている人々に知ってもらいやすくなるのだ。

長く待つ必要はなかった。計算し尽くした告発は、十分と経たずに広まっていく。発言力のある著名人が『ひどすぎる』とコメント付きで仲間に拡散してくれたので、その速度は何十倍にもなった。まさにネズミ算だ。

郷田の名前がツイッター上でトレンドに入り、非難と罵倒のコメントが飛び交う。

そして——告発には同情や共感のコメントが大量についてくる。

反応を見るかぎり、デマだと疑っている者はいないようだった。当然だろう。これがもし出鱈目《でたらめ》なら間違いなく名誉毀損で逮捕される内容なのだから、まさかでっち上げとは誰も考えない。

翌日にはツイッターアカウントに記者から接触があった。大手新聞社と有名週刊誌の二人からだ。SNSは何から何まで迅速だ。

告発内容に関して非公開の場で伺いたいという。もちろん快諾した。

まずは当然の質問——告発が事実かどうか訊かれた。デリケートな内容だから、向こうも踏み込んで問いただせないであろうことは計算済みだった。被害の具体的な部分を濁しても、語りにくいから、と納得してもらえる。強引に追及されたら、〝セカンドレイプ〟を盾にできる。

新聞社の記者は配慮しつつ質問を重ねてきた。幸子は性犯罪の被害者になったつもりで答えていった。

嬉々として『記事になりますか』と訊いてしまったら、私怨によるでっち上げの復讐だとバレてしまいかねないため、『これ、もしかして記事にされるんですか……?』と不安そうに――むしろ記事化を望んでいないように――確認した。

記者は『疑っているわけではないのですが』という前置きの後、『裏が取れれば、記事にさせていただきたいと思います』と答えた。社交辞令のようにも読み取れた。

その点、週刊誌はもう少しハードルが低かった。記者は『いきなり誌面は難しいですが、弊誌のデジタル配信の記事にさせてください』と積極的だ。

幸子はここで切り札を切ることにした。

『郷田にコメントを取るなら、追及するときに私の本名を出していただいても構いません』

それが決定打だった。

ここまで言う人間が虚偽の告発をしているはずがない、と判断したらしく、記者は

『分かりました』と答えた。

幸子は本名を告げた。

〝A子さん〟としてネットに記事が掲載されたのは、二日後だった。告発内容に触れた後、郷田に突撃した模様が書かれていた。

『A子さんに許可を貰って彼女の本名を直接ぶつけるも、郷田氏は「レイプはしていない。そもそもA子さんに金を貸した事実はない」と言い逃れた。「被害者は本誌に本名を教えてまで告発しているのに、デマだというんですか。何のためにそんなことをするんですか」と問いただしたところ、彼は言葉に詰まり、そのままそそくさと立ち去った』と結ばれている。

郷田の言い分はたしかに事実だ。金を貸した相手は両親だし、レイプもしていない。だが、記者が巧みに印象操作してくれたおかげで――〝客観的な事実の描写〟ではなく、『言い逃れた』『そそくさと立ち去った』という〝主観的な印象の描写〟を使っている――、さも郷田が往生際悪く誤魔化しているように見える。

郷田が事実を告白できないことを承知で罪をでっち上げた。

『デマだとしたら彼女はなぜそんなことをするんですか』と尋ねられても、『私怨の復讐だ』とは言えない。言ってしまったら、過去、彼が両親を自殺に追いやった話をしなければならなくなる。言葉に詰まったのも、一瞬、そういう葛藤が頭をよぎったからだろう。記者はそのときの動揺が有罪の証拠だと考えたのだ。

そう、郷田はどちらかの罪を背負うしかない。

ネット配信とはいえ、有名週刊誌の名前を冠した記事で取り上げられたことで、人々は告発の裏付けが取れたと判断したらしい。世論は郷田への非難であふれ返っていた。

郷田は決して無実を証明できない。三年も前の密室での出来事だから水掛け論になるし、そういう場合、被害者の言葉のほうが無条件で信用されるのが世の常だ。記事の中で本名を明かしたことに触れられているから、なおさら信憑性が出るだろう。ツイッター上に書き込まれる非難の言葉は強烈で、郷田は希代の大悪人として扱われていた。

社会的にはもう立ち直れないだろう。それでもまだ家族の死とは釣り合わないが、自分で手を下したことで、ようやく過去の悪夢を振り切れる気がした。

歪んだ満足感が込み上げてきた。

18

美香に電話したのは、自分の復讐を成し遂げた二日後だった。挨拶を交わすと、早くも沈黙が降りてきた。互いに距離感が摑めず、何をどう話せばいいのか分からずにいる。

幸子は一呼吸し、訊いた。

「もう万引きはしてない？」

美香は鼻で笑った。

「一応――ね」

「本当？」

「……信じられないなら別にいいけど。別にあたしはどっちでもいいし」

投げやりな口調に幸子は慌てた。

「ごめんなさい。何ていうか、老婆心で、美香ちゃんのことが本気で心配だったから……」

「赤の他人を心配してどうするわけ？」

「どうって――」

言葉を失う。

「母親でもないくせにさ」

美香のほうから雪絵の話を出してくれたので、思い切って踏み込むことにした。

「美香ちゃんはお母さんに会いたい？」

「前に答えたと思うけど?」反抗するような口調は相変わらずだ。「何か説教?」

「違う。そうじゃなくて——私、あなたのお母さんの居所を突き止めたの」

「え?」

美香の声に驚きが混じる。

「探偵社に依頼したらあっという間」

「冗談でしょ?」

「本当よ」

困惑の息遣いが聞こえてくる。唐突な報告に気持ちが追いついていないのだろう。

「……信じられない。どうしても居場所が分からなかったのに。どんな優秀な探偵を使ったわけ?」

美香は順序が逆だったことを知らないから、驚くのも無理はない。実際は雪絵と出会った後、彼女の手紙で美香の居所を知った。

「運が良かっただけ」

曖昧に答えると、美香は釈然としない口調で言った。

「本当にあたしの母親なの?」

「ちゃんと確認したもの。この前送ってもらった写メと同じ女性だった。間違いなくあなたのお母さん」

――一家心中の〝加害者〟で、あなたが憎んでいる相手。

「……そう」

美香は沈黙した。

「大丈夫？」

「……何が？」

「急に知らされて、動揺しているんじゃないかって」

「別に」

郷田にささやかな復讐を果たした今、美香のことだけが心配の種だった。彼女が救われれば、自分も救われる。

「前を向くために会うことが必要なんでしょ」

「……そう」

「だったら応援する」

「じゃあ、住所を教えて」

「でも、二つだけ約束して」

「何？」

「会って何をするにしても、自分の人生を台なしにしないで」

「もう充分台なしになってるけど？」

「でも、まだ人生は取り戻せる。本当に取り返しがつかないことだけはしないで、ってこと」

自分が行った復讐は捨て身の道連れに近く、郷田が過去の一家心中を告白すれば、騒動の渦中に放り込まれてしまう。おそらく、傷だらけになるだろう。

美香にはそのような方法を選んでほしくなかった。

「分かった。もう一つは？」

「その場に私も立ち会わせて」

「……何で？」

見届けたいという思いももちろんあるが、何より――。

「あなたが心配だから」

黙り込んだ美香は、思案げな息遣いをしていた。

「お願い」

何秒か間が空いた。

「……いいよ」

条件を呑んでくれたことに安堵する。

「ありがとう」

「あたしからも一つ要求があるんだけど」

「何？」

「あたしが訪ねるんじゃなく、呼び出してほしいの。うまく口実を見つけて」

美香が口にしたのは、郊外のキャンプ地の奥にある雑木林だった。

言いようのない不安が込み上げてくる。

「美香ちゃん、まさか――」

問う言葉は喉に絡まった。取り返しのつかないことはしないって答えたでしょ、と言い返されたら、それ以上追及できなくなる。

美香は「何？」と聞き返してきた。

「ううん、何でもない」

「あたしは二つも約束を呑んだんだから、一つくらい聞いてくれてもいいんじゃない？」

「……そうよね、分かった」

美香が何を考えているにしろ、応じるしかなかった。

19

夕日の赤に染まるキャンプ地は、時期のせいか、元々人気がないからか、人っ子一人いない。廃墟のように閑散としていた。

奥にある雑木林は、踏み込むと薄暗く、樹木と樹木のあいだが薄闇を飲み込んでいる。

「こんなところに連れてきて何があるの？」

真後ろから雪絵が訊く。

大事な話がある、と思わせぶりな理由で呼び出した。内容はここに来るまではぐらかし続けた。だが、そろそろ限界も近い。

「二人でキャンプしたいってわけじゃないでしょうに……」

幸子は雑木林を歩きながら答えた。

「もう少しです」

「もう少しって――何？」

「来てもらえば分かります」

美香との約束の場所が近づいてくる。奥へ進むにつれ、樹木群が懐に抱きかかえる闇が色濃くなっていく。落ち葉を踏み締めながら歩むたび、心臓が騒ぎ、緊張が増していった。

「何だか無理心中でもしそうな場所ね……」

自虐的なつぶやきに、幸子はぞっと背筋が凍りついた。

先ほどから感じていた不安の正体にようやく気づいた。そう、まるで樹海に踏み入るような不吉な胸のざわつき――。

ここならもし何かが起こったとしても、当分は誰にも発見されないだろう。

美香はなぜこんな場所に呼び出したのか。手紙の中でも、元夫が美香の憎悪の強さはさんざん語っていた。いまだその炎が弱まっていないとしたら――。弱まるどころか、年月を経てより強く燃え盛っているとしたら――。

母親と引き合わせる約束をしたのは正しかったのか。もし取り返しのつかないことが起きたら、どうすればいいだろう。約束は母親を呼び出させるための嘘にすぎなかったとしたら――。

「……幸子さん、何か隠しているの？」

いいえ、と即答はできなかった。その沈黙で不安を抱いたのか、雪絵の靴音が止まった。

幸子は振り返った。

「雪絵さん……？」

彼女は猜疑の眼差しをしていた。

「そろそろ理由を話してくれてもいいんじゃない？」

「それは――」

返事に窮する。

母親と会うことは美香の悲願だった。彼女の想いを遂げさせてやることこそ、最も大事で、それが自分の救済にも繋がる。そう思っていた。

「あたしが呼んだの」

不意に暗がりから美香の声がした。感情が殺されているせいで、まるであの世に誘《いざな》う呪いのように聞こえた。

雪絵は目を剝き、立ち尽くしていた。だが、数秒の間を置き、石化が解けたように一歩を踏み出した。近づいてきた雪絵は、幸子の真横を通り抜けた。そして、また立ち止まる。

茂みの向こうに人影があった。

まさか……と雪絵は消え入りそうな声でつぶやき、奥へ進んだ。幸子はその背を追った。

草花が両側から壁のように押し寄せる中、沼を背に美香が立っていた。眼光が鋭く、顔は強張っている。樹冠が光を遮っているせいで沼はタールのように黒く見えた。

雪絵がわななく声で「嘘でしょ……」と漏らした。幽霊にでも遭遇したかのように後ずさると、幸子の隣で止まった。

幸子は彼女の横顔を見つめた。雪絵の目は見開かれ、目玉がこぼれ落ちんばかりになっていた。

「こ、これ……どういうこと？」

答えたのは美香だった。

「あたしが頼んだの」

雪絵は娘を一瞥し、また幸子に向き直った。愕然とした声で言う。

「幸子さん、あなた、美香と知り合いだったの？　最初からそれであたしに近づいてきたの？」

「違います。雪絵さんと出会ってから知り合ったんです」

「え？」と反応したのは美香だ。「あんた、最初からお母さんを知ってたわけ？」

板挟みになり、幸子は戸惑った。

二人を引き合わせた時点で嘘はバレると覚悟していた。だが、それでいいと思っていた。家族の命日に雪絵と出会ったのは、この日のための導きだったのではないか。

「ごめんなさい」幸子はどちらにともなく謝った。「私が知り合ったのは雪絵さんが先。雪絵さんから過去の話を聞いて、どうしても生き残った美香ちゃんに会ってみたいって思った。でも、どんな形で会えばいいか分からなくて、悩んでいて、たまたまああいう出会いになったから、偶然を装ったの。騙すつもりはなかったんだけど……」

雪絵は「何でそんな……」とつぶやき、口を閉ざした。きっと『勝手なことをするの?』と続けたかったのだろう。

「ふーん……」美香は興味なさそうに言った。「別に何でもいいけど。おかげでこうしてお母さんに会えたんだし」

雪絵は娘に視線を戻した。

「美香……」

美香は続きを待つように黙り込んでいる。だが、雪絵は何度か唇を開いたものの、言葉は出てこなかった。

「……お母さん、あたしの手紙は読んだ? 刑務所に送ったんだけど」

美香が緊張の滲む声で訊いた。

雪絵はためらいを見せた。

「……いいえ」

幸子は言った。「読まなかったんですよね」

「読めなかったの。怖くて」

美香が小首を傾げた。

「怖い?」

「ええ。憎まれてるって分かっていたから」

「無視したら逆効果だって思わなかったの？」

「……これ以上底なんてないでしょ」

「そう？」

「ええ」

美香はくるりと背を向け、真っ黒い底なし沼のような泥沼を眺めた。

「お母さん、ここ、覚えてる？」

沼に沈んでいきそうな、重い声だった。

雪絵の顔が強張る。

「あたしが落ちた沼――でしょ」

幸子ははっとした。

美香はそんな場所を待ち合わせ場所にしたのか。彼女はここで一体何をするつもりなのか……。

夕日が沈んだらしく、雑木林の一帯が薄闇に覆われた。背中を向けたままの美香は今どんな表情をしているのか。

「お母さんが落ちた沼……」

美香は泥沼をじっと見つめている。まるで今にも身投げしそうな気配があった。

もし彼女が飛び込んだとしたら――。

深さはどのくらいだろう。いくら何でも本当に底なし沼とは思えないが……。

幸子はふと疑問に思った。

なぜ美香が身投げしそうだと感じたのだろう。取り返しがつかない美香の復讐を心配していたのに――。

美香と雪絵のあいだには緊張が横たわっていた。迂闊《うかつ》な一言が何かを弾けさせてしまいそうなほどに。

「……ごめんなさい」雪絵が美香の背に声をかけた。「あたしのしたことは赦されることじゃないし、赦してほしいとも言えない。ただ謝るしかない」

美香は振り向かない。視線は泥沼に落としたままだ。

「あたしにどうしてほしい？」

雪絵が問うと、美香はゆっくり振り返った。

「怖かった――？」

雪絵が「え？」と聞き返す。

「落ちたとき」

「そ、それはもちろん……」

「そう」

美香の瞳には怒りが渦巻いている。

「あたしを――殺したい？」

雪絵が唐突に踏み込んだ。いや、彼女にとっては唐突ではなく、罪を犯したときから何年も考えていたことなのかもしれない。

「そう思うの？」

美香が無感情な声で聞き返した。

「だからここに呼び出したんでしょ。違うの？」

雪絵は覚悟を決めた目をしていた。避け続けてきた娘に会った以上、もう逃げられない、と悟ったかのように。

復讐――。

雪絵の元夫の手紙の中に綴られていた美香の怒りの強さを思い出す。

美香は復讐する気なのだ。そして雪絵は受け入れる覚悟を決めた。復讐し、される。それが二人の悲願なのだとしたら。共に一家心中の悪夢から解放される唯一の手段なのだとしたら。

もしそのときが来たら自分はどうすればいいのだろう。

〝捨て子花〟がはびこる墓地で出会った雪絵。これはあらかじめ定められていた、逃れられない運命なのではないか。花の毒が緩やかに人を死に追いやっていく。

「そうだと言ったら――」美香が抑えたトーンで言った。「お母さんはどうするの？」

「……美香が望むなら、あたしは何でも受け入れる」

美香は一瞬、冷笑に似た笑いを漏らした。

「本当よ」

雪絵が言った。本心のようだった。

灌木《かんぼく》が怨霊のうめきのようにざわめく。

美香は拳を握り締めたまま一歩を踏み出した。彼女の靴の下で落ち葉と小枝が乾いた音を立てる。

幸子は緊張を強めた。

「み、美香ちゃん……」

続く言葉は何も出てこなかった。

美香は近距離で雪絵と向き合った。

「あたしがお母さんの死を望んだら？」

「それで美香が救われるなら……」

雪絵の口調から本気の覚悟を感じた。実際、彼女は思い詰めて自殺未遂をしている。同情を誘うための演技などではなく、本当に死を選ぼうとしていた。助かったのは偶然にすぎない。

美香の目がスーッと細まった。

「何で？　五年前に死に損なったから、今、取り返そうとしているの？」

「そうじゃなくて――」

「あのときのことは正しかったって思ってるの？」

「あたしは後悔してる。ずっと、ずっと。言葉で語っても伝わらないだろうけど……」

「何で心中しようとしたの？　あたしたちが邪魔だった？　存在が負担だった？」

「まさか！」雪絵はきっぱりと首を横に振った。「それは絶対に違う。あなたたちが生まれたとき、あたしは本当に幸せだった。それなのに何であんなことをしたのか。してしまったのか。今でも分からない」

「温泉は〝最後の晩餐〟だったんじゃないの？」

「無理心中なんて考えたこともなかった。本当よ」

「出所しても会いに来てくれなかったのは、あたしを――あたしたち子供を捨てたかったから？　捨てられてせいせいした？」

「そんなことない！」雪絵は叫んだ後、「え？」と困惑を見せた。「会いに来てくれなかった？」

美香は生い茂る草木へ視線を流した。

「あなたたちを巻き添えにしようとしたあたしには会いたくないでしょ？　憎いでし

よ？」

美香は答えなかった。闇がますます色濃くなり、近くに立っているにもかかわらず、彼女の姿は影になっていた。

そのときだった。

視界の片隅に光の粒が入った。

最初、それに気づいたのは幸子だけだった。闇の中で誘うかのようにゆらゆら揺れていて、見ずにはいられなかった。ちらっと見やると、まるで虫の魂のような光の粒は草花の陰に吸い込まれ、消えてしまった。

何だったのだろう。

目の錯覚かと思ったとき、雪絵と美香が同時に顔を動かした。幸子も二人の視線を追った。微風に揺れ動く黒い葉の陰で、一瞬、何かが黄金色に明滅した。

現れては消え、現れては消え——。まるで小さな命がその存在を懸命に主張しているかのようだった。

「蛍……」

雪絵が感慨を込めた口調でつぶやいた。

なぜすぐに気づかなかったのだろう。実際に蛍を見るのは初めてだった。

闇の中に揺蕩《たゆた》うように浮かんでいるのは、たしかに蛍だった。一匹、二匹、三匹憎しみが充満する空間には不釣り合いで、ついつい見入った。眺めていると、どんどん数が増えてきた。

蛍光色に輝く季節外れの淡雪のごとく、舞っている。

「あのときと同じ……」

つぶやいた美香の表情は、闇に融けていてほとんど読み取れない。

「え？」

「キャンプしたときに見たの、覚えてないの？」

雪絵は黙り込んだ。だが、すぐに言った。「あの夜に一緒に見た秋蛍……」

「そうだよ。思い出した」

「……ええ。美香は『綺麗、綺麗』って飛び跳ねてた」

「あたしたち家族がまだ仲良かったころ。みんなで笑っていられたころ。キャンプの夜だった。あたしにとっては一番楽しかった思い出の場所」

沈黙が満ちる中、蛍だけが美しく舞い続けている。まるで星空が目の前まで降りてきたかのように。

「お母さんにとっては沼に落ちた日だったかもしれないけど、あたしにとっては家族みんなで初めて見た蛍に胸を躍らせた日だった」

幸子ははっとした。この場所について訊かれた雪絵が沼に落ちた話をしたら、美香の目に怒りが表れた。自分にとって一番大事な思い出を忘れられていたことに腹を立てたのだ。

「もしかして——」幸子は口を挟んだ。「美香ちゃんがこの場所を指定したのは——」

「お母さんに思い出してほしかった。あのときの楽しかった時間を。ほんの短いあいだだったとしても」

「美香……」雪絵の声は震えていた。「あなた、あたしを恨んでいるんじゃないの？」

蛍の群れがわずかな光源となり、美香の顔がうっすらと浮かび上がっていた。表情に憎しみはなく、ただただ、迷子の子猫のような寂しさがあるだけだった。

「恨んでなんかいない。ずっと会いたかった。あたしはお母さんに会いたかった」

湿った声だ。そこには切実な響きだけがあった。

「ど、どうして？」

雪絵が訊くと、美香は瞳に困惑を浮かべた。美香の言葉に対する返事としては支離滅裂だが、素直な感情なのだと思う。

どうして——。

殺されかけた娘がなぜ自分に会いたがるのか、その気持ちが本当に理解できないのだ。

「刑務所に送った手紙には返事がないし、やっと出てきたと思ったら居場所は分からないし……」

「会わないことが美香のためだと思って……」

美香は小さくかぶりを振った。

「あたしね、お父さんに何度も頼んだんだよ。お母さんに会いたいって。でも、頭ごなしに怒鳴られてばかりで、だんだん関係も悪くなって……」

「あたしのしたことを思えば赦されるはずがないし、向こうもあたしとは一切関わりたくないと思う。自分の子を関わらせたくないって気持ちは理解できる」

「自分の子を――って、あたしはお母さんの子でもあるんだよ」

雪絵は絶句した。

「違うの？　あたしは不要なの？　お母さんの子じゃないの」

「そんなわけないじゃない！」闇の中に響き渡る大声だった。「あたしはあなたの母親と名乗る資格がないから……」

「お母さんはお母さんでしょ。あたしがどんなに苦しんだと思う？　あの日からずっとお母さんに会いたくて、会いたくて……泣いてばかりいた。お父さんなんて、あたしを引き取ったときから迷惑そうで、鬱陶しそうで、毎日周囲に当たり散らしたり……」

「あの人は美香を大事にしてくれなかったの？」

「……あたしはお荷物だった。そもそも、離婚するときだって、親権に全然こだわらなかったじゃない。口には出さなかったけど、あたしが何かをお願いするたび、面倒がってるんだろうな、ってことが態度で分かって。お願いっていうのは、学校の行事や部活のあれこれとか、そういうやつ」

「大事に大事にされているんだとばかり……」

「お父さん、家事とか、そういうの全然だから。家のことは全部あたしがしてた」

「美香が？」

美香がうなだれると、再び顔が闇に飲まれた。

「あたしが我がまま言って負担をかけたら、またあんなことになる気がして……」

雪絵が息を呑む音が聞こえた。

「美香は自分の、その……我がままのせいだって思ってるの？」

美香は顔を上げた。

「違うの？　だって、あたしがお母さんに負担をかけたから、お母さんがパンクして……」

「違う。美香のせいじゃない」

「あたしが陽太や菜々美の面倒をもっと見ていたら、って。あたしがお母さんを困らせなかったら、って」

「違う！」雪絵は声を上げた。「美香が責任を感じる必要は何もないの」

「でも、あたしが陽太や菜々美の世話をしていたら、お母さんの負担だってもっと……」

「そんなふうに思い詰めないで。子供のあなたが母親をできなかったからって、自分を責める必要はないの」

幸子は胸を撃ち抜かれた気がした。

そう、自分は長年罪悪感を抱えていた。それは自分でも気づかないほど少しずつ、年月を経るたびに蓄積していた。

なぜもっといい子でいられなかったのか。なぜもっと妹や弟の面倒を見なかったのか。

――子供のあなたが母親をできなかったからって、自分を責める必要はないの。

それは長年自分が誰かから――いや、この世を去った親からかけてもらいたかった言葉なのかもしれない。

蛍の明かりの中、美香の目が濡れ光っているのが分かった。

「あたし――お母さんと暮らしたい」

美香の口から出てきた言葉に幸子は驚いた。それは雪絵も同じだったらしく、声を失っている。

草木の香りを孕んだ風が吹き抜ける。

「……本気で言っているの？」

雪絵が訊いた。

同じ質問をぶつけたかった。美香は母親を憎んでいたのではなかったのか。

「あたしが憎くないの？」

美香は迷わずうなずいた。

「お母さんを憎んだことなんかない」血を吐くような口調だった。「お母さんがそんなに苦しんでいたなんて知らなかったから、我がまま言ったこと後悔して……。とにかく謝りたかった。お母さんと話したかった。でも、お父さんは裁判所に行くのを許してくれなかったし、刑務所に入ってからの面会も駄目で……」

「そんな、美香が自分を責める必要なんて、何も……」

雪絵の目も濡れていた。口を手のひらで押さえ、嗚咽《おえつ》をこらえるように喉を震わせている。

「美香ちゃん」幸子は彼女に訊いた。「美香ちゃんがその……問題を起こしていたのって、お母さんを憎んでいたからじゃなかったの？」

平然と万引きを繰り返し、諭されても聞く耳を持たなかった美香の姿が蘇る。

「何て言えばいいのかな……。いくらお願いしてもお父さんがお母さんに連絡も取ってくれないから、どんな形でもあたしのことを伝えてほしくて――」

美香自身も自分の心の説明は難しそうだった。

父親を困らせる行為を繰り返したら、相談するために連絡を取ってくれるかもしれない、と考えたのか。あれは最初から捕まるための万引きだったのだ。防犯カメラの位置を確認していたのは、避けるためではなく、映るため……。

「じゃあ、私に話していたことは――」

幸子が訊くと、美香は気まずそうに答えた。

「この五年間、あたしの気持ちを一方的に分かった気になって余計なアドバイスとかお節介をしてくる人、大勢寄ってきてうんざりしていたから、追い払いたくて……」

言葉を返せない。自分は美香の本心も見誤っていたのか。同じ経験をした者同士、気持ちが理解できると思い込んでいた。しかし自分は彼女の周りの大人と同じだった。

「ごめんなさい……」謝ったのは雪絵だった。「美香の気持ち、何も分かっていなかった」

「仕方ないよ。会って話したの、初めてなんだもん。ねえ、お願い。あたしはお母さんと暮らしたい。お父さんは昔からあたしを邪魔だって思ってるから」

「いくら何でもそこまでは――」

「本当だよ。当時のことを思い出す存在を手元に置いておきたくないんだよ。会社だって居心地悪くなって辞めてるから。生き残ったあたしはあの日の象徴なの」

「それでも自分の子供でしょ」

「お父さんも苦しんでる。愛そうとはしてくれているけど、あたしが事件を思い出させるから、自分の感情を持て余しているっていうか……残業して極力顔を合わせないようにしている気がする」

「いつから？」

「あたしを引き取ったときから」

雪絵の声に同情といたわりの響きが混じる。

「美香がそんなに苦しんできたなんて……あたし、全然知らなくて。あの人はあなたのことだけを考えてくれているんだとばかり……」

美香の首が横に振られる。

「じゃあ、お父さんは手紙で嘘を――」幸子は口走ってからはっとして唇を結んだ。

「何でもないの」

失言を後悔しても遅かった。

美香が「手紙って？」と訊く。

雪絵の目が幸子に注がれた。闇に飲まれていても、睨むような眼差しを向けられているのが分かる。

「お父さんのって言ったよね？」

美香が尋問のように問いただした。

雪絵は何も言おうとしない。

「ねえ、手紙って何なの？　お父さん、お母さんに手紙を出していたの？」

美香が重ねて訊く。

盗み読みのことはもう隠し通せない。

「……ごめんなさい」

幸子は雪絵に謝ってから美香に向き直った。娘の彼女には知る権利があるのではないか。覚悟を決め、告白する。

「入院した雪絵さんの着替えを取りに行ったとき、部屋でたまたま手紙の束を見つけちゃって、悪いと思いつつ見てしまったの。雪絵さんとあなたのお父さんが手紙を交わしてた。お父さんは生き残ったあなたを大事に育てていく決意を綴っていたの」

美香は雪絵に顔を向けた。

「お父さんとやり取りがあったの？」

見つめ合う間があった。

「……あの人とは連絡は取ってない。一度も」

「嘘！　だって、手紙を見たって――」

「あれは……」

「何？」

雪絵は苦悩に満ちあふれた声で言った。

「全部あたしが書いたの。あたしの手紙もあの人の手紙も」

20

突然の告白は理解できず、耳を素通りした。

美香も同様だったらしく、一瞬言葉をなくしていた。だが、すぐに我に返った。

「は？　そんな無茶苦茶な言いわけ、信じると思ってるの？　誤魔化さないで本当のことを言ってよ」

「本当なの。幸子さんが言っている手紙は全部あたしが書いたの」

「本気で言ってんの？　それで押し通すつもり？」

「押し通すも何も――それが事実なの」

美香が呆れたように首を横に振る。

雪絵は何秒かためらいを見せた。蛍が彼女に纏わりつくように舞い続けている。

「あれは――ロールレタリングなの」

「ロ、ロール……？」

　美香が小首を傾げた。

　初めて聞く言葉に幸子も困惑した。

「ロールレタリング。役割交換書簡法っていう心理療法らしくて、服役中にやらされたの。あたしがされた説明だけど、まず、決めた相手に手紙を書くの。でも、実際には投函《とうかん》しないの。手紙を書き終えたら、今度は相手になったつもりで自分への手紙を書くの」

「そんなの……」

「相手の気持ちを想像することで、客観的に状況を理解したり、自分の心の奥の本音に気づいたり、わだかまりがある相手と対峙できるようになったり……。セルフカウンセリングの一種らしいんだけど……」雪絵は言いにくそうに唇を噛み、目を泳がせた。「あたしの場合は、罪を自覚する手段として勧められたの。服役したころのあたしは、責任転嫁してばかりで、彼が元凶だなんて考えてた。非協力的なあの人の無理解で追いつめられて、夫婦関係が破綻して、結果的にあの夜の〝事故〟に繋がったんだ――って」

　それは分かる。最初の手紙のころの雪絵は、元夫を責める言葉を綴り、自己正当化を繰り返していた。一家心中の〝加害者〟のくせに——と反発を覚えた。

「だから、ロールレタリングで元夫宛に手紙を書いて、それに返事する形で自分宛に手紙を書きなさい、相手の立場になることで自分の罪を理解しなさい、って言われたの。彼になりきろうとすれば、その苦しみや悲しみを想像することになるから」

あまりに信じられない告白だが、腑に落ちた。

手紙を読んだときになぜ矛盾に気づかなかったのだろう。

手紙を元夫にちゃんと出していたら、雪絵の手紙は相手が持っているはずだ。彼女が所持しているのは変だ。仮に受け取りを拒否されていたら、あんなふうに手紙のやり取りは成立しない。

「なりきるために住所も書いて、筆跡もあの人のを思い出しながら真似て……そうやって罪と向かい合ったの」

〝一人二役〟とは全く気づかなかった。

思えば、不自然さはあった。一家心中を元夫のせいにする雪絵の手紙に対し、一通目からやけに物分かりがいい返事だった。彼女のせいで自分の子供を二人、失っているというのに。

にもかかわらず、なぜか突然、雪絵を責める内容に変わった。それに対し、彼女は意外にも素直に自分の非を認める言葉を綴っていた。

「実際に相手に送るわけじゃないから、とにかく正直な気持ちを書くことが大事らしくて、あたしはそのときの自分が思っていることを全部書いたの」

そういうことか。あれは雪絵と元夫の会話ではなく、彼女の心の動きそのものだったのだ。雪絵は元夫に感じていた不満を吐き出し、それを受けた相手の立場になって返事を考え、書いた。元夫にしては物分かりがいい内容だったのは、彼女自身が彼らの理解と同情、謝罪を望んでいたからだろう。胸の奥に澱んでいた想いを吐き出せたことで——傍聴にほとんど来ていない元夫に自分の気持ちを吐露する機会はなく、だからこそ、溜め込んでしまったのだ——、少しずつ相手の立場になって考えられるようになった。だから〝元夫からの手紙〟は、雪絵の罪を責める内容に変わっていった。自分の内面の変化だったからこそ、〝元夫の言葉〟も素直に受け入れた——。

そうやって〝自問自答〟の手紙を繰り返すことで、雪絵は自分自身の罪と向き合い、罪を自覚したのだ。

「じゃあ、美香ちゃんがトラウマを抱えていて、雪絵さんを憎んでいるって件《くだり》は——」

「きっとそうだろうなって、思ったから、そう書いたの」

美香の復讐心や憎悪は、雪絵の想像の産物だった。実際には存在しなかった。美香はただただ母親に会いたがっていたのだ。愛を求めて。

もし自分の両親も生きていたら――生き残ってしまっていたら、雪絵と同じように苦しみ続けただろうか。想像するしかなかった一家心中の〝加害者〟の心の奥に初めて触れられた気がした。

「車で崖下に突っ込んでからは、入院して、逮捕されて、裁かれて、服役して――。正直、自分のことしか考えられなくて、美香の心の傷を思いやる余裕がなくて。でも、手紙を書くことで初めて美香の気持ちになって美香のことを考えられるようになった」雪絵は苦笑した。「どうやら本心を見誤っていたみたいだけど」

元夫の手紙の中で『美香はようやく前を向きはじめた』と書いてあったのは、それが雪絵の切実な願いだったからだ。

「でも――」幸子には気になることもあった。「罪を悔いているなら、どうして私に過去を告白したとき、開き直ったようなことばかり言ったんですか」

雪絵は儚く融けて消えそうな微苦笑を見せ、視線を地面に逃がした。

「……責められたかったから」

「え？」

「あたしは家族を道連れにしようとして、生き残ってしまった。殺人罪に問われて、それがずっと納得できなかったけど、刑務所で罪と向き合ううち、むしろ四年の実刑は短すぎる、って思うようになって……出所してからも苦しみ続けてた。あたしは赦されちゃいけない、一生責め苦を負わなきゃいけない、って。だから、あなたに過去を告白したのも、開き直ったような態度を取ったのも、責められたかったからなの。責められているあいだは、苦しみを忘れられたから……」

一家心中の罪を意識させられるだけなのに自分と会い続けていた理由が分かった。それが本当なら、表面的な雪絵の言葉を鵜呑みにし、憎しみをぶつけてしまった自分は――。

美香が濡れた声で言った。

「お母さん、もう苦しまないで。もう思い詰めないで。あたしはお母さんのそんな姿見たくない」切実な感情があふれ出ていた。「お母さん、もうあたしを置いていかないで」

娘の全身全霊の叫びを思わせる訴えは、雪絵の心に届いたのか、彼女は電流が走ったように全身を硬直させた。だが、呪縛が解けるや、美香に歩み寄り、まるで触れようとしたら逃げられるのではないかと恐れるような手つきで、腕をゆっくりと伸ばした。美香は身動きしなかった。

「ごめんなさいね、美香。本当にごめんなさい。身勝手だと分かってる。こんなことを言ったら世の中から非難されるのは分かってる。でも――本心を言うわ」

雪絵は深呼吸した。一瞬だけ空気が緊張する。美香も息を呑んで身構えただろう。

雪絵が口を開いた。

「あたしは取り返しがつかない罪を犯したけど、あなただけでも取り返したい」

決然とした口調だった。

美香は目を瞠ると、言葉を受け止めるように間を置き、やがて黙ってうなずいた。

雪絵は娘の二の腕に触れると、緊張を抜くように息を吐き、そのままぐっと抱き寄せた。美香も母親の体に手を回した。

幻想的に光る蛍が舞い踊る中、それこそが悲願だったように二人はいつまでも抱き合っていた。

21

曇り空の下、幸子は家族の墓の前に立っていた。血の色をした彼岸花の花弁はうなだれるように弱々しく、遠からず枯れてしまうことを予期させられた。

雪絵と美香が和解する姿を見て、自分の選択は果たして正しかったのか、分からなくなった。本当なら仇討ちを達成した〝吉報〟を告げるつもりだったが、今は言葉が出てこない。

復讐の先に一体何があったのか。

性犯罪をでっち上げた結果、郷田は世論の批判を一身に浴びた。ワイドショーでもコメンテーターが彼の人間性を否定し、赦してはいけないと気炎を吐いた。罪を否定する郷田の言葉は、往生際の悪い言い逃れと見なされ、ますます人々の怒りの声が増していく。有名芸能人逮捕のニュースに取って代わられるまで、郷田は誰もが無条件で殴れるサンドバッグであり、生贄《いけにえ》だった。

告発から二週間も経つと、ネット上でも批判のコメントは一日数件にまで落ち着いていた。あの騒動は一体何だったかと思う。SNS《ツイッター》を眺めていると、〝悪人〟の袋叩きが何週間も続くことはなく、目新しい燃料《ニュース》がなければみんなまるで玩具《おもちゃ》に飽きた子供のように興味をなくし、矛先が次の標的へ移っていく。

誰もが郷田の罪について真剣に考えているわけではなく、ただ単にそのときそのときで〝悪人〟を叩ければいいだけだ、と気づいたとき、冷静さを取り戻した。

一時の満足感と引き換えに、自分は何かを失ったのではないか。前に進むために――幸せを得るために復讐した。悪人に思い知らせることが正義だと思っていた。それなのに、後悔が胸にあるのはなぜだろう。

憎い相手が大勢から叩きのめされる姿を見て、正直、痛快だった。自分は人々を扇動しただけだ。

砂利を踏む靴音が耳に入ったのは、そのときだった。

幸子は振り向いた。立っている人物を視認したとたん、愕然として息を呑んだ。死者が眠る場所が郷田の生霊を呼び寄せたような錯覚に囚われ、硬直した。

だが、自分が危機的な立場にあると気づき、後ずさりした。墓地には他に誰もいない。

襲いかかられるかと思って身構えたが、そんなことはなく、郷田も困惑の顔で立っていた。その表情を目の当たりにして、復讐の復讐で付け狙われていたのではないと分かった。

彼岸花が風にそよぎ、波打つ血溜まりに見えた。周りの木々のざわめきが耳につく。

自失状態から先に立ち直ったのは、郷田だった。わずかに怒気が感じられる声で「なぜあんなまねを……」と口にした。

なぜ——?

罪をでっち上げた理由を問いただされることが理解不能だった。両親の復讐に決まっているではないか。郷田にとっては過去の罪かもしれないが、被害者にとっては現在進行形の罪なのだ。

黙っていると、郷田が押し殺した声で言った。

「……なぜ加害者になった?」

「え?」

問いの意味が全く理解できなかった。

「何もしなければ、〝被害者〟のままでいられたではないか」

「……どういう意味ですか」

「あんたは――君は私を陥れた。これで〝加害者〟になった」

「な！」感情が高ぶった。「あ、あなたが私の両親にしたことを思えば、私の復讐なんて釣り合わ――」

最後まで言い切れなかったのは、開き直っているはずの郷田の顔が悲しみに打ち沈んでいたからだ。まるで信じていた相手から不意打ちで理不尽な仕打ちを受けたかのように――。

「……すまない」

郷田の口から漏れた初めての謝罪は苦悩に満ちあふれていて、重々しかった。

「い、今ごろ謝られても家族は戻ってこない」

郷田はかぶりを振った。

「違う。真実を話してしまうことを謝った。許してくれ」

「何を言ってるんですか」

「話すつもりはなかった。だが、こうして今日君と会ったのも何かの運命なのかもしれん」

郷田が何を言っているのか分からない。

「お、思わせぶりなこと言って、私を惑わそうっていうんですか」

「……私が君の両親に金を貸していたと思っているようだが、違う。誤解だ」

「毎日のように滅茶苦茶《めちゃくちゃ》な取り立てをしていたの、はっきり覚えているんですよ！」

「私が今の業界に入ったのは、あの後だ。当時の私はいわゆる金貸しではなかった。トラックの配送員だ。公表している私の経歴を読んでもらえればいい」

ふと思い出したのは、以前のワイドショーで表示されていた郷田のプロフィールだ。

『郷田尚孝（62）　郷田金融社長　47歳で金融業界に入り、4年後に独立、郷田金融を設立する』

プロフィールが事実なら、逆算すればたしかに郷田が金融業界に入ったのは両親の一家心中の後だ。だが――。

「どんな職業だって、お金を貸すことはできますし、むしろ、本職じゃない分、利息だって無茶できます。あなたが両親を執拗に追い込んでいたのは事実です」

郷田は苦悩に塗り潰された顔をした。

「あんたの両親を追い込んだ――。そう、それは事実だ。言い逃れのしようがない事実だ」

「ほら！」

「だが、金銭の問題ではない。いや、たしかに金銭も関わっている。それは間違いない。事実はもっと複雑で、残酷で……だからこそ、私は口をつぐんできた」

「何が言いたいんですか！」

苛立ちが募る。何かを誤魔化されているとしか思えなかった。

「私が取り立てていたのは――借金じゃない」

視界の端に入った彼岸花の赤が色濃くなった気がした。

「じゃあ何なんですか――？」

郷田は家族の墓を一瞥した。

「……あんたの父親は私の子供を車で撥ねた。居眠り運転だった」

ショックに打ちのめされた。

「嘘！　嘘です、そんな！」

郷田は悲しみに縁取られた顔で残念そうに首を横に振った。

「事実だ」

「そんな話、聞いたことない」

「子供に話せることではないだろう。あんたが私のことを借金取りと認識していた時点で、本当の関係は聞かされていないと気づいた」

戦慄が背中を這い上ってくる。信じられない話だった。だが、いくらなんでもこんな無茶苦茶な嘘はつかないだろう。

「息子は七日間、意識不明で、私は最後まで回復を願っていたが、叶わなかった」

郷田の顔には、まるで今さっき我が子を失ったばかりのような悲しみが表れていた。

幸子は愕然とした。気を抜けば膝から崩れ落ちそうになる。

そういえば郷田は『交通事故で子供を亡くした』とテレビで語っていた。まさか、両親が〝加害者〟だったとは――。

「運転していた父親が逮捕されたのを知らないか？」

幸子はすぐに否定しようとし、思い出した。父は一時期、何週間か家に帰らなかったことがあった。父に会いたがる妹がよく泣いていた。母は寂しそうな顔で「お仕事で海外にお泊りに行っているの」と説明した。実は逮捕されていたのだとしたら――。

寂しそうだった母の顔は、今思えば、泣き崩れるのを必死で我慢している表情だったのではないか。逮捕された父を想っていたのか、父が死なせてしまった郷田の子を想っていたのか。郷田の話と辻褄《つじつま》が合ってしまう。

「悩み抜いたすえに通夜にやって来たという君のお母さんは、私たち夫婦に土下座した。だが、正直、冷静に話せる精神状態になく、相当な罵倒を浴びせ、追い返したことを覚えている。私たちは相手側の弁護士との交渉で、慰謝料の支払いを呑んだ。金で解決する話ではなかったが、加害者が何の代償も払わないことは許せなかった。私たちが受け取りを拒否したら、加害者は今までと何も変わらない生活を続けていくだろう。それが許せなかったから、慰謝料の提案を受けた」

「じゃあ、両親から取り立てていたのは借金じゃなく――」

「慰謝料だ。子供三人を育てている中から払う慰謝料だから、ずいぶんの負担だったんだろう。すぐに月々の支払いが遅れるようになった。不誠実だと感じた私は、弁護士に任せるのではなく、怒鳴り込んだ。何度も何度も。正直な気持ちを言えば、当時の私は、私たちの子の命を奪ったのだから、加害者たちの生活を破綻させても――それこそ、自分たちの子供を犠牲にしても、約束は履行すべきだ、それが償いだ、と考えていた」

――振り込みはどうなってんだ！

――先月も待ってやったろ！

――最低限の義務くらい果たしたらどうなんだ！

郷田の怒声が蘇る。その意味は――違った。郷田は貸した金を取り立てていたのではなかった。

交通事故が事実なら、両親が涙を流しながら土下座し、謝罪するのも当然だ。一家心中を決意したのは、慰謝料の支払いに苦しんだからか、人の命を奪った罪の重さに耐えかねたからか。

――でも、私は荒っぽい取り立てがどれだけ人を追い詰めるか身に染みて知ってい
たので、そんなまねだけはしないように心掛けていました。

身に染みて知っていた――。

彼自身が借金を取り立てられた経験ではなく、自分が慰謝料を取り立てて一家を心
中に追いやった経験を話していたのだ。

郷田は――加害者ではなく、被害者だった。我が子の命を父の居眠り運転で奪われ
た被害者。

ふと思い出した。

両親が借金していた物証はある、と揺さぶったとき、郷田は全く動揺せず、すぐさ
まハッタリだと見抜いた。考えてみれば当然だ。両親に本当に金を貸していないのだ
から、〝借金の証拠〟など実在するはずがない。

色々納得できた。だが、釈然としないこともある。

「あなたは私が非難したとき、借金の取り立てを否定しませんでした。それどころか、
開き直るような台詞を吐いたり……。お子さんの交通事故死が事実なら、なぜあんな
ふうに悪党ぶって――」

郷田は顔をくしゃっと歪め、濡れた眼差しを真っすぐ向けてきた。そこにはいたわ

りと同情の色があった。

「君が苦しむ」

「私が？」

「……君は親の罪を知らなかった。もし知ってしまったら、地獄へ突き落とされた気になるだろう」

幸子は啞然とした。しばらく言葉を返せなかった。唾で喉を湿らせ、乾いた声を発する。

「それだけのために悪役を演じて――？」

「私を憎むことで生きる糧になるのなら、それも構わない。私はそう思った」

「信じられません」

真意を疑っているという意味ではなく、衝撃の告白に絶句したという意味だったが、郷田はそうは捉えなかったようだ。

「本当だ。私自身の絶望を経験させたくなかった」

幸子ははっとした。

「〝被害者〟でいるうちは耐えられる。〝加害者〟の子供という立場ではなく、〝被害者〟の子供という立場であれば、ただただ相手を憎めばいい。恨めばいい。違うか？」

「それは――」

「今の世の中、誰もが何かの〝被害者〟になりたがっているではないか。〝被害者〟であれば、遠慮もためらいもなく他人を一方的に攻撃できるからな。だからこそ、私は傷ついた、と大袈裟に被害を騒ぎ立て、自分の非を矮小化《わいしょうか》し、責任転嫁し、〝被害者〟になろうとする。他人を加害していた者がいつの間にか被害者ぶっていたりする」

若干シニカルな論理に感じたものの、否定できない自分がいた。

両親の一家心中に苦しんでいたのは事実だ。だが、心のどこかで〝悲劇のヒロイン〟の立場に酔いしれている部分はなかったか。

何も言葉を返せずにいると、郷田は苦悶の顔で続けた。

「先月自殺した債務者もそうだった。『郷田金融』の厳しい取り立てに苦しんで死を選ぶ、という恨みつらみの遺書を遺したから、世間はそれを鵜呑みにした。誰しも〝被害者〟の味方になるのは気持ちがいいものだ。真相など想像しようともしない。ちょうど君がでっち上げた私の罪を世間が信じたように」

罪の意識に押し潰され、彼の目をまともに見返せない。

「あの債務者は社員の手に余り、私が担当していたが、私は乱暴な言葉遣いなどしたことがない。こんな話をしてもすぐには信じられんかもしれんが、事実だ。むしろ、ギャンブル漬けの生活を改めさせようと、相談に乗っていたくらいだ」

彼の話で思い出したのは、ツイッター上のある騒動だった。

旅館の従業員の態度が悪く、サービスも適当だった、と客が告発した。もちろん、旅館への非難が集まった。だが、思いあまった旅館側が口を開き、風向きが変わった。その客は従業員に差別的な暴言を繰り返し、靴を履いた足をテーブルに載せるなど、傍若無人な振る舞いを続けていたという。そのような客に丁寧な接客ができるはずもなく、旅館側が厳しい態度を取るのは当然だ。

自分の非を隠して告発することはたやすい。

「私は親身になって話を聞いていたつもりだ。それすらも余計なお世話で、うんざりしていたのか、あんな遺書を遺して死なれたら、私は債務者を死に追いやった悪鬼にされる。ご丁寧に遺書をメディア関係者に送りつけて自殺したのだからな」

自分自身、報道を見て郷田に悪印象を抱いた。消費者金融に好印象を抱いている人々は多くないだろうから、世間の大半も郷田を悪徳金融の代表格のように思っただろう。

「世の中を見回してみるといい。〝可哀想な被害者〟の立場を得られたら、その人間の非や罪は見て見ぬフリされる。たとえそれが被害の一因となるものだったとしても──」

郷田はふっと笑った。何かを馬鹿にしたというより、諦め切ったような笑い方だった。

「日ごろの過激な言動で他人を傷つけ、大勢から反感を買い、嫌われ、敵視されている人間でも、幸運にも何かの〝被害者〟になれたら、そういう諸々の原因はなかったことにされ、一方的な〝弱者〟として報じられる。〝被害者〟の非や罪、被害を受ける原因となった加害行為に少しでも言及しようものなら、加害者に味方する不道徳な発言として袋叩きにされる。だから、『理性的な事実』は許されず、『感情的な正義』が先走《さきばし》る」

債務者が自殺した時点で、取り立てでよほど苦しめられたのだろう、と同情し、〝被害者〟のどん底の生活を暴露した郷田のことは、責任逃れの卑怯者だと感じた。

「〝弱者〟は〝弱者〟、〝被害者〟は〝被害者〟だが、その立場を振りかざした時点で〝強者〟となる。若いころの私はそのことに気づかなかった。実際に我が子を失った〝被害者〟なのだから、〝加害者〟をどれほど痛烈に責め立てても許されると思っていた。誤解を承知で言えば、私は〝被害者〟であることに慢心していた。特権を感じていた。一人では悲しみに耐えきれず、感情をぶつける先が欲しかった私は、拒否できない立場の人間をサンドバッグとして利用したのだ。もちろん利用しているつもりなどなかった。ただ、〝被害者〟として当然のことをしていると思っていた。私には責め立てる資格や権利があると思い込んでいた。だが、それは果たして正しかったのか……」

両親の苦しげな顔が蘇る。

土下座し、涙を流しながら謝罪の言葉を繰り返していた。〝加害者〟だから平身低頭、謝り続けるしかなかっただろう。自分たちの苦しみを口にすることは許されず、ただただ、頭を下げ続ける日々——。

どれほど追い詰められていたのか。

「私は君の両親の心中を知り、動揺した」郷田の表情は、取り返しのつかない罪を犯してしまった〝加害者〟のそれだった。「その瞬間、私は〝無敵の被害者〟の座から転落し、〝加害者〟になったのだ。復讐による放火を疑われ、私は警察に何度も呼ばれた。無理もない。強烈な動機があるのだ。君の家に乗り込んでいたことは近隣の住民の証言で明らかだった」

郷田が当時疑われたのは、金貸しとして保険金殺人を行った可能性があったからだと思い込んでいた。

「一人で寝ていた私は、当夜のアリバイがなく、疑惑の目を向けられるには充分だった。私の無実が証明されたのは、科学的な検証の結果でもあるが、何より、君の証言が決め手になった」

自分にとってあの火事は間違いなく一家心中だったから、放火の可能性は最初から疑わなかった。警察にも両親の不審な様子や、睡眠薬の話、火が点く仕掛けの話を正直に告白したことを覚えている。

「私に同情的だった友人や知人は手のひらを返し、私の愚行を非難した。それまでは私と一緒になって君の親を痛罵していたにもかかわらず、一家心中の後は一転、私が非常識な悪者だ。慰謝料やその他の問題は弁護士に任せるべきだった、相手の家にまで乗り込んで責め立てるのはやりすぎだ――という具合にな」

彼岸花が揺れている。ただただ静かに。

「〝加害者〟と〝被害者〟は紙一重なのだと思い知った」

現代的な手段で復讐した自分も同じだ。〝被害者〟の書き込み一つで簡単に〝加害者〟になった。

「君の両親が心中し、私は逆に罪を背負うことになった。それからの日々は地獄だった。今までは誰もが同情し、憐み、無条件で味方になってくれたが、もう違う。一家を死に追いやった罪悪感に苛《さいな》まれながら生きて行かねばならない」

顔を覆う苦悩の翳りが色濃くなった。

――死なれた側にとっては、当てつけの自殺も同然だよ。正直、命を絶って思い知らせてやろう、という恨みを感じた。

郷田の台詞が蘇る。

吐かれたときは、自分本位すぎる言い草に怒り心頭だった。だが、真相を知った今なら理解できる。

郷田が、当てつけの自殺、と感じたのも無理はない。一家心中によって父は〝加害者〟から〝被害者〟に転じ、郷田は〝被害者〟から〝加害者〟に転じた。もちろん、父にそんな意図はなかっただろう。だが、結果的にそうなってしまった。

「〝加害者〟の立場はこれほど苦しいものなのか。立場が変わり、私は初めて君の両親の苦しみを理解した」

幸子は郷田の心を切り裂いた傷の深さを思い知り、ほんの何秒か言葉を失った。

「親の罪を知らなかった君にもし事実を教えたらどうなるか。私同様、感情の持っていき場を失い、打ちのめされるだろう。苦しむだろう。思い悩むだろう」

ただそれだけのために——自分が味わった絶望を味わわせないためだけに、露悪的に振る舞ったのか。それを鵜呑みにし、復讐を実行した自分はどれほど愚かだったか。

——大事なのは博愛精神です。お金に困っている人間に手を差し伸べることです。

独立した後もそれは変わりません。

吐き気がするテレビ用の綺麗事だと感じた台詞が彼の本心だったとは。

だが、一つ疑問があった。

「私、当時の担当刑事さんに会ったんです。私があなたのことを話しても否定されませんでした。私があなたを最低の借金取りだと誤解しているのは分かったはずなのに……」

郷田はどこか寂しげな眼差しを見せた。

「私が頼んだ」

「頼んだって——何ですか」

「君が真相を誤解していると知った私は、そのままにしておくため、当時の捜査官に会い、君が訪ねてきても真相を教えないでやってほしい、と頼んでおいた。君を〝被害者〟のままでいさせてやってくれ、と。君の話を聞くと、伏見さんはどうやら約束を守ってくれたらしい」

ショックが全身を貫いた。

そういうことだったのか。伏見が急に諭すような〝綺麗事〟を話しはじめたのは、事前に郷田から事情を聞いていたからか。誤解の過去に囚われて郷田を恨み、復讐することを止めようとしていたのだ。伏見の真意を見誤っていた。

結局、伏見の言葉は心に届かず、憎しみに囚われ、復讐を断行した。

真相を知ってみると、郷田の思いやりが胸に突き刺さる。

自己憐憫に浸って相手を一方的に責められる〝被害者〟の立場を好み、憎しみと怒りで視野狭窄《きょうさく》になれば、他人の善意も悪意に解釈してしまうのだと思い知った。目に映る全てに悪意を見てしまった。今までの人生、そうした思い込みの被害妄想でどれほどの人間関係を知らず知らず失ってきただろう。

「だが――。私は間違っていたのかもしれない。君の感情を逆撫でし、苦しめてしまった。私がしたことは、君を永遠に〝被害者〟の立場に留める行為だ。きっと、それではいつまでも前には進めない」

今なら分かる。〝被害者〟だから幸せにはなれない、という強迫観念的な思い込みがあり、相手を潰して復讐を果たすまで人並みの幸せは得られないのだと考えていた。郷田が言ったように、〝被害者〟にはその権利があるのだ、と。それが唯一の特権なのだ、と。

〝被害者〟として〝加害者〟を破滅させるために走りはじめたら、もう自分では止まれなかった。思考の泥沼に嵌まり、復讐のための行動を一つ起こすたび、自分の中の憎悪を煽った。きっと、両親を夜ごと責め立てた郷田も同じだったのだろう。

大間違いだった。

復讐を果たした時点で自分は〝加害者〟になる。〝被害者〟の立場はそれを決して正当化しない。

〝被害者〟だからといって、どんな報復も許されるわけではないのだ。

幸子はその気持ちを正直に吐露した。

「……そうだな」郷田はしばし苦しみを噛み締めるように押し黙った。「私も反省している。ある日突然、子を失った悲しみは決して癒えないだろうが、〝被害者〟であることをやめ、〝加害者〟に赦しを与えるべきではなかったか。〝被害者〟であり続けるかぎり、幸せは一生訪れないのだ」

幸せ——か。

自分が不幸なのは両親の一家心中が影を落としているせいだ、と考えていた。それは憎しみに近い感情だった。だが当の両親はもうこの世にいない。

一時は雪絵が母の代理だった。きっと母が生きていたら自分はこんなふうに感情をぶつけるだろうな、という台詞を一方的に叩きつけた。しかし、それでも人生は何も変わらず、感情はますます掻き乱された。郷田の存在を知ってからは復讐だけが生き甲斐になってしまった。

罪を赦すこと——。

それは何よりも難しい。

美香を雪絵に出会わせたのも、憎しみをぶつけさせるためだった。

自分は、何の関係もない赤の他人のくせに雪絵の被害者になった気になり、罪に無自覚な彼女にそれを思い知らせてやらなくては——と傲慢な衝動に駆り立てられた。

雪絵の自殺が成功してしまっていたら、今度は自分が〝加害者〟になっていた。

赤の他人の自分に彼女を断罪する権利などない。

美香が母親と和解できたのは、憎しみを捨てていたからだ。

自分は――。

幸子は頭《こうべ》を垂れた。

「ごめんなさい……」

謝罪の言葉は自然に漏れた。今はひたすら謝りたかった。だが、罪悪感に押し潰され、言葉は続かなかった。

真相を知らず、郷田の人生を滅茶苦茶にしてしまった。

しばらく地面を睨んだ後、恐る恐る顔を上げた。郷田の表情は柔らかく、瞳には同情があった。

「謝る必要はない。君は、私だ」

「え？」

「君は当時の私と同じだ。私と同じことをした。それは過ちで、失ったものは取り返せないが、これから変わることはできる」

真相を知り、罪悪感が押し寄せてきた。

「……私がしたこと、告白します。でっち上げだったこと、正直に」

「そんなことをしたら今度は君が袋叩きになる。嘘に踊らされてしまった屈辱で顔を真っ赤にした連中によって。世の中はそんなものだ。節操も恥も外聞もない。何かのきっかけで風向きが変われば、自分の過去の言動など簡単に忘れ、棚に上げ、攻撃できるほうを攻撃する。所詮、誰かを非難したいだけだ。その時点で自分が〝加害者〟の位置に立っていることに無自覚でな」

「でも――」

「何より、本当の性犯罪被害者のためにも告白すべきではない。本当の被害者が今回と同じようにでっち上げではないかと疑われる世の中は私の本意ではない」

「でも、今のままだと郷田さんが悪役になったままで……」

「……君の復讐のおかげで私は〝加害者〟の立場がようやく終わった気がして、正直、苦しみが和らいだ。だが、私はもう〝被害者〟になるつもりはない」

郷田は断固たる口調で言った。

「お互いに〝被害者〟と〝加害者〟を繰り返す負の連鎖はここで断ち切ろう」

郷田が最後まで自分を守ろうとしてくれているのが分かり、胸が詰まった。

「いいな。これで終わりだ」

幸子は込み上げてくる涙をこらえ、下唇を噛み締めたまま小さく、だがはっきりとうなずいた。

「そもそも、私がいけないのだ。君の憎しみを煽るような態度を取った。あのような復讐に出るとは思いもしなかったが、それは私がさせたようなものだ」郷田は再び両親の墓を見た。「ご両親には苦しみや憎しみではなく、幸せを報告してやってくれ」

「……両親の墓をご存じだったんですね」

「ああ」郷田は罪を嚙み締めるように答えた。「毎年、忘れずに墓参りに来ている。命日には、生き残った君が来ていると思ったから避けていた。家族を死に追いやった人間として合わせる顔がなく、会うことそのものも怖かったからだ」

「まさか、花を供えてくれていたのは――」

「菊であれば、おそらく私だろう」

「最近は――」

「少し前に来た。ずいぶん手入れされていなかったから、私が綺麗にした」

墓を綺麗にして花も供えてくれたのは、美奈代先生ではなく、郷田だったのか。

「今日は――私はどうすればいいのか、君の家族に尋ねたくてやって来た。まさか本人と会うとは思わなかった。だが、こうして話ができて良かったと思う」

「……私もです」

幸子は家族の墓に向き合った。まぶたを伏せる。

——私はもう人を恨んだりせず、本当の幸せを探していく。だから見守っていてね。

目を開けたとき、不思議と彼岸花の毒々しさは薄れ、夕日を浴びてただ美しく赤色に輝いていた。

エピローグ

抜けるような青空が目に痛いほどの晴天だった。秋なのに晩夏の暖かさがこの日だけ戻って来ていた。

幸子は喫茶店の椅子に座り、腕時計を確認した。午後一時五十五分。もうすぐ約束の時間だ。

あの日から顔を合わせるのは久しぶりだ。

鈴の音が鳴り、幸子ははっと顔を向けた。だが、入店してきたのはカップルらしき男女二人組だった。

ふう、と息を吐く。

妙に緊張している自分がいた。非日常な空間ではなく、日常の空間で会うからだろうか。

約束の時間の一分前——。

再び鈴の音が鳴り、ドアが開いた。雪絵と美香の姿があった。二人が店内を見回し、幸子と目が合うと、表情がふっと和らいだ。揃って会釈する。

幸子も軽く頭を下げた。

雪絵と美香がやって来た。寄り添うように並んで歩いている。その距離感が今の二人の関係を表していると思った。

「こんにちは」

挨拶を交わすと、雪絵と美香がテーブルを挟んで向かいに座った。二人のあいだに以前のような緊張は見られず、どう見てもごく普通の母娘だった。

幸子と雪絵はコーヒーを注文し、美香はオレンジジュースを注文した。

飲み物が届くと、軽く口をつけた。

「幸子さん」雪絵が言った。「この前は本当にありがとう」

「お礼を言われるようなことなんて、何も——」

幸子はぶんぶんと手を振った。

「あなたが引き合わせてくれなかったら、あたしはたぶん、一生、美香と顔を合わせられなかったと思う」

「私は——」

「いいの。あなたがどんなつもりだったかなんて。ただ、あなたと出会って、こうして美香と関係を修復できた。あたしも美香も感謝しているの」

幸子は曖昧にうなずいた。

お礼を言われたら胸がちくりと痛む。だが、それが本当に二人の本音なのだろう。

幸子は美香に目を移した。「お父さんには？」

美香は小さくかぶりを振った。

「お母さんと会ってるって知ったら、きっと怒るし、動揺すると思う。でも、あたしはずっと望んでいたことだから」

美香は優しいほほ笑みを見せている。初めて出会ったときとは別人のように棘が消え、自然体だった。

「幸子さん、今度はあなたの番だと思うの」

雪絵の言葉に幸子は「え？」と反応した。「私の番って？」

「……前にちょっと訊いたでしょ。あなたも何か大きな傷を抱えているって感じて。違う？」

あのときは誤魔化した。人は誰だって傷の一つや二つは持っているものだ、と一般論を口にして。過去を話すことで雪絵との関係を終わらせたくないから、と自分に言いわけして。だが、それは本心だったのか。実は真実を語ることで自分がますます傷だらけになることに怯えていたのではないか。

「そう――ですね」幸子は認めた。「私にも大きな傷はあります。ずっと抱えていました」

「……話してみない？」

促す雪絵の眼差しは、心を抱き止めるような慈愛に満ち、感情を揺さぶられた。

「でも――」

「今度はあなたが前を向く番だと思うの。ごめんなさい、何だか偉そうな物言いになっちゃって。前を向くっていうか、その……苦しみから逃れてもいいんじゃないかって」

押しつけがましさは全くなく、心底案じてくれているのが伝わってくる。

なぜ雪絵が連絡をしてきたのか、そこで初めて知った。単にお礼を伝えるためではなかったのだ。

「……ありがとう、ございます」

自然と感謝が漏れた。

「あたしはあなたに命を救われ、人生を救われた。本当は被害者の相談に乗るような仕事の人じゃないんでしょ？」

「……どうしてそう思うんですか？」

「何となく。あなたは最初から客観的じゃなかったから。だからこそあたしも心の内をさらけ出せたんだと思う」

雪絵と美香に会うのは、おそらく今日が最後だろう。今後も付き合い続けていく関係でないことは分かっている。元々、家族の命日の墓場で運命に導かれるように出会い、一時的に築いたいびつな関係だったのだから。

最後まで何も話さず、永遠に別れようと思っていた。それでいいと思っていた。

だが――。

話す気になったのは、二人が本気で手を差し伸べてくれていることが分かったからだ。

「私は――」幸子は少しためらった後、コーヒーで喉の渇きを癒し、言った。「美香ちゃんと同じ立場だったんです。私の場合は家族全員が亡くなっています」

自分の過去を伝えるにはそれで充分だった。

二人が揃って息を呑んだ。大きな傷の内容がそこまで自分たちと接点があるとは想像もしなかったのだろう。

「すみません。蒸し返すようになってしまうから、このまま黙っていようとも思ったんですけど……」

「いいの」雪絵は即座に答えた。「びっくりしたけど、それで腑に落ちたこと、色々あるから」

「……だから私は雪絵さんに辛辣な態度を取ってしまったし、美香ちゃんに入れ込んだんです。それが自分自身を救うことだと思ったから……」

雪絵の手がゆっくり伸びてきた。そして――砂の彫刻にでも触れるかのような優しさでそっと手の甲に触れる。その一瞬の躊躇は、自分が触れてもいいのかどうか、迷ったように見えた。

「ごめんなさい。何も知らなくて……」

「私も隠していましたから」

「幸子さんは──思いをぶつける相手がいないのね」

「だからずっと苦しんできました」

「あたしに感情をぶつけたかったらぶつけて。あなたの親御さんの代わりにはなれないだろうけど、それくらいならできるから」

幸子は首を横に振った。

もう充分だった。彼女にはさんざん感情のままに言葉をぶつけたし、今は自分の過去も伝えた。

雪絵は静かにうなずいた。それは、こちらの気持ちを何よりも尊重する、という思いやりにあふれていた。

「幸子さん、あなたには何の罪も責任もないんだから、もう幸せになっていいのよ。あたしが言うことじゃないかもしれないけど」

違う。雪絵の言葉だからこそ、意味がある。そう思った。それは母から与えられた赦しだった。

幸子は込み上げてきた感情を呑み込んだ。

亡き両親が命日に雪絵と引き合わせてくれたのは、十七年も苦しみ続けている娘を見かねたからかもしれない。憎悪をぶつけるためではなく、自分を救うために。

「ありがとうございます」

雪絵に向けた心からの感謝は、濡れた声になっていた。

幸子は息を吐いた。

幸せになりたいと願う一方、心のどこかにはそれが許されないと思う感情があり、色んな楽しいことを無意識のうちに遠ざけてきた気がする。

今は——自分も幸せになっていいのだと思える。

雪絵たちと別れ、帰宅すると、幸子は携帯電話を開いた。アドレス一覧を眺めた。数人の名前しか登録されていない中、一番上に表示されているのは——隆哉だ。

彼は自分にはもったいないほどの男性なのに、傷つけてしまった。自分は何ということをしたのだろう。過去と憎しみと怒りに囚われ、彼に背を向けていた。

長く連絡を取っていない。向こうからも電話やメールはない。

失望したのだろうか。

無理もない。何の説明もなく、置き去りにしたのだから。

怒るのが当然だ。面倒臭い女だと思われただろう。婚活パーティーで話したとき、彼は、自己主張の激しい女性にひどい目に遭わされて以来、男女関係に臆病になったと打ち明けてくれた。癒されたいと言っていた。

それなのに——。

彼を癒すどころか、身勝手な言動で振り回してしまった。

自分には関係の継続を望む資格はないのかもしれない。何かを期待することは我がままだと分かっている。

だが、もしも赦されるならば——。

幸子は思い切って隆哉にメールを打った。

『長く連絡もせず、ごめんなさい。あの日の態度を直接謝りたいです。そして、私自身が抱えていた問題について話したいです。もしまだチャンスが貰えるなら、会ってください。お願いします』

返信はあるだろうか。

赦されたなら、正直な想いを伝えたい。そして——何の後ろめたさもない関係を築きたい。

幸子は部屋の中で携帯が鳴るのを待ち続けた。彼からの着信は他とメロディを変えているからすぐ分かる。

一時間、二時間——。

時間の経過と共に不安が増し、やがて諦めの感情が取って代わりはじめる。引いたカーテンが夕日の赤に染め抜かれたころ、隆哉からメールが届いた。文面を読んだ幸子は、自然に口元が緩むのを抑えられなかった。弾かれたように立ち上がり、着替えはじめた。

過去を告白しても受け止めてもらえることを信じ、外へ繰り出した。

茜色の町は妙に輝いて見えた。

解説

芦沢　央

繰り返し見る悪夢がある。

シチュエーションは様々だが、毎回私は武器を手に暴れている男から逃げていて、そして、誰かを見捨てる。ごめんなさい、と泣きながら目を覚まし、現実に戻ってきてからも、かなり長い間気持ちが戻ってこられない。

この自分への失望は、私が小説を書く上での動機の核にもなっている。私は、いざというときに自分が信じる正義を守れない人間なのではないか、という恐怖。だからこそ、様々な「最悪のタイミング」が重なり、一線を踏み越えてしまう人間を書く。

本書を読み終わったとき、まず思ったのは、下村敦史が物語を書く際の動機の核は何なのだろうということだった。

この物語には、二人の女性が登場する。両親が行った一家心中によって火事に遭い、両親と妹弟《きょうだい》を失って一人生き残った娘と、子供たちを乗せた車ごと海に飛び込み、生き残った母親だ。

娘は事件から十七年経《た》った今も、過去に囚《とら》われている。なぜ両親は自分を殺そうとしたのか。なぜ自分はそれを止められなかったのか。なぜ自分だけが生き残ってしまったのか。

問いかける先のない思いは彼女の中で渦巻き続け、やがて彼女の認識まで歪《ゆが》ませていく。

婚活パーティーで出会った男性に魅力を感じるものの、彼の一言一言に過剰なほどまでに疑心暗鬼になる。幸子という名前を「娘の幸せを願う両親の想いが伝わってくる」と褒められれば、〈娘の幸せを願う両親が一家心中をしますか？〉と考え、一緒にいると癒されると言われれば、〈私が一家心中の生き残りだとしても癒されますか？〉と内心で問いかける。

好意を向けられても、喜びよりも〈何をしてしまったら彼を失望させるのだろう〉という不安が先に立ち、付き合うようになってからも緊張が抜けない。

激しい自己嫌悪の中で、幸子は過去と対峙《たいじ》して乗り越えるしかないと考え、その一歩として家族が眠る墓へ向かう。

そして、そこで、別の一家心中事件の「加害者」である雪絵と出会うのだ。

雪絵は、家事育児を妻に丸投げし、同僚を自宅に招くときだけ「イクメン」を演じ、育児の苦悩を吐露しても「自分の子に愛情はないのか。人間性を疑うよ」と吐き捨てた夫と離婚し、三人の幼い子供たちを一人で育てていた。

養育費やパートの賃金は生活費に足りず、わずかな貯金を食い潰していくしかない日々。やがて養育費の支払いも滞るようになり、追い詰められていた雪絵は、パート仲間から温泉の宿泊券を貰い、離婚してから初めての家族旅行へ向かう。

幸せな時間を過ごし、帰り道では「楽しい思い出を胸にまた明日からしばらくは頑張れる」と考えていた雪絵は、けれど現実へ戻るに従い、「このまま頑張ったとして、その後、何があるの？」という思いに飲み込まれていく。状況は改善しないし、同じ苦しい日々が延々と続くだけ。三人の子供が巣立つまでこんな限界の毎日が続く――彼女はアクセルを踏み込み、車はガードレールを突き破って崖から海へと転落した。

静かな声音で語る雪絵に、幸子は怒りが抑えられなくなっていく。どうしてこの人は自らの罪を過去のものとして語れるのか。服役して司法に赦《ゆる》されたことで、犯した罪まで赦されたと思っているのか。

幸子は、雪絵に対して言い放つ。

「あなたの罪は、生き延びてしまったことです。だから、生きている以上、その罪が赦されることはないと思います」

ここから先はネタバレを含むので読了後に読んでいただきたいのだが、物語は、幸子と雪絵の交流を軸に、重要な二人の人物を加えて展開していく。

雪絵が起こした事件でもう一人生き残った娘、美香と、かつて幸子の両親に支払い義務の履行を迫っていた金融業者の男、郷田だ。

幸子は雪絵に母を、美香に自分を重ね、郷田を「憎むべき相手」として捉えるようになる。そして、美香に近づいて「母親への復讐《ふくしゅう》」を後押ししようとし、郷田を陥れる復讐に着手するのだ。

本書を読んで、多くの人が感じるのは、歪んだ認識から暴走する幸子への反感だろう。幼い頃に人生を変えるほどの被害を受けたのはたしかに不憫《ふびん》だが、だからと言ってそれで周囲を振り回し、「加害」をしていいわけではない。何でもかんでも過去に結びつけて考えて自分から幸せを遠ざけないで、もっと前を向けばいいのに――だが、そうした「怒り」にも似た感情を呼び起こさせること自体が、この作品の狙いなのではないだろうか。

本書で執拗《しつよう》に塗り重ねられていく感情は、「怒り」だ。

幸子は事件を起こした両親を憎み、両親と同じように子供の命を奪う事件を起こしておきながら生き延びた雪絵に苛立《いらだ》ち、原因を作った郷田を恨む。

そして、彼女は怒りに飲み込まれて客観性を失い、真相へ繋《つな》がる様々なヒントを見逃していく。冷静に考えれば気付けるはずの違和感を、「自分の中にある物語」に当てはめる中で塗りつぶしてしまうのだ。

この怒りは何なのだろう、と読みながら何度も思った。

なぜ彼女はこんなに怒っているのか。いや、一時的に怒りの形を取ることはわからなくはない。けれど、なぜこれほどまで長い間持続しているのか——

考え続ける中で思い出したのは、下村敦史の既刊『生還者』(講談社文庫)だった。『生還者』は、ヒマラヤ山脈東部のカンチェンジュンガで発生した大規模な雪崩の犠牲者、そして生還者を巡る山岳ミステリーだ。極限状態から生還した者たちの「サバイバーズ・ギルト」(生存者の罪悪感)を丹念に追った傑作だが、両作を読み比べる中で感じたのは、この二作は同じ「生き残った者」に焦点を当てながら異なる感情の動きを描いているということだった。

『生還者』では、罪悪感や後悔は自己へ向かう。その場にいた人間へ責を求める局面もあるが、根底にあるのは常に自責の念だ。

しかし『悲願花』では〈なぜ事が起こる前に止められなかったのか。もし両親の真意に気づいていたら何かできたのではないか〉という幸子の思いが書かれる箇所はあるものの、彼女がこの思いの中心にいるのは、生還した直後だけだ。彼女は自分をこんな状況に追い込んだ人間たちに怒りを抱き続けている。

両者の違いは何なのだろう。「加害者」が山という自然であること？　そもそも生命の危険が脅かされる可能性がある場所へ自ら足を踏み入れているから？　そんなことを考えながら読み進め、こんな一節で止まった。

〈生きるためには誰もが様々な選択をしている。赦されるもの、赦されないもの。外から判断して責めるのは簡単だろう。だが、果たしてそれは正義だろうか〉

赦される――この言葉は、『悲願花』でも出てきた。先ほど引用した幸子の雪絵への「あなたの罪は、生き延びてしまったことです。だから、生きている以上、その罪が赦されることはないと思います」という言葉だ。

この「赦される」という言葉が『悲願花』を読み解く上でもキーになるのではないか――そう考えた途端、すっと腑《ふ》に落ちた。

『悲願花』は「サバイバーズ・ギルト」の別の噴出の仕方を描いた物語なのだ。

幸子はサバイバーズ・ギルトを自身に向け続けるのではなく、他者に対する怒りへと転化させた。この怒りは、サバイバーズ・ギルトの変容したものだからこそ、年月が経っても炎の強さを弱めることがなかったのだ。

彼女は幸せを遠ざける道ばかり選ぶ。それは、「過去が原因で不幸であり続けること」を自らに課していたからだ。雪絵へぶつけた言葉は、幸子が常に自分へぶつけていた言葉だった。

彼女はまだ、生き延びるための戦いの最中《さなか》にいる。「生き延びてしまったことが罪」だという思いに飲み込まれないよう、自責の念を怒りに転化させることもまた、彼女が生き延びるための選択なのだ。

物語を書く際の動機の核は何か、という最初の疑問について下村敦史に尋ねてみたところ、「疑念」という答えが返ってきた。

〈それって本当に正しいの？　世の中の全員がこっちが正義でこっちが悪だって決めつけてるけど、もしその人たちにこういう事情があったら？〉

この問いは、見えていた光景が反転するラストにおいて、読者に強烈な形で投げかけられる。読者は自分の中にある偏見を炙《あぶ》り出され、そして、幸子に対して感じていた「怒り」に潜む「加害性」を突きつけられる。

全編幸子の視点で描かれているこの物語では、彼女の認識している思考と景色しか描かれない。けれど、実は「描かれなかったこと」を読み解いていくと、別の景色が浮かび上がるのだ。


（あしざわ・よう／作家）

この物語はフィクションです。登場する人物・団体・
事件等は実在のものとは関係ありません。

――本書のプロフィール――

本書は、二〇一八年十二月に小学館から刊行された同名小説を加筆改稿して文庫化したものです。

小学館文庫

悲《ひ》願《がん》花《ばな》

著者　下《しも》村《むら》敦《あつ》史《し》

二〇二一年三月十日　初版第一刷発行
二〇二三年九月六日　第二刷発行

発行人　石川和男
発行所　株式会社　小学館
〒一〇一-八〇〇一
東京都千代田区一ツ橋二-三-一
電話　編集〇三-三二三〇-五六一六
販売〇三-五二八一-三五五五
印刷所──凸版印刷株式会社

ISBN978-4-09-406896-2